KB114795

조돈형 新무협 판타지 소설
FANTASTIC ORIENTAL HEROES

장강삼협 13

조돈형 新무협 판타지 소설

초판 1쇄 찍은 날 § 2013년 9월 26일
초판 1쇄 펴낸 날 § 2013년 10월 2일

지은이 § 조돈형
펴낸이 § 서경석

편집부장 § 권태완
편집책임 § 박은정

펴낸곳 § 도서출판 청어람
등록번호 § 제1081-1-89호
등록일자 § 1999. 5. 31
어람번호 § 제2-2405호

주소 § 경기도 부천시 원미구 심곡2동 163-2 서경B/D 3F (우) 420-822
전화 § 032-656-4452 팩스 § 032-656-4453
http://www.chungeoram.com
E-mail § chungeorambook@daum.net

ISBN 978-89-251-3486-4 04810
ISBN 978-89-251-2574-9 (세트)

장강삼협

長江三峽

조돈형 新무협 판타지 소설

[2부] 13

FANTASTIC ORIENTAL HEROES

도서출판 청어람

제29장 위기(危機) 7

제30장 운명적인 만남 47

제31장 드러난 정체 87

제32장 소면살왕(笑面殺王) 127

제33장 패왕사(霸王祠) 167

제34장 배수진(背水陣) 209

제35장 초진창 255

第二十九章
위기(危機)

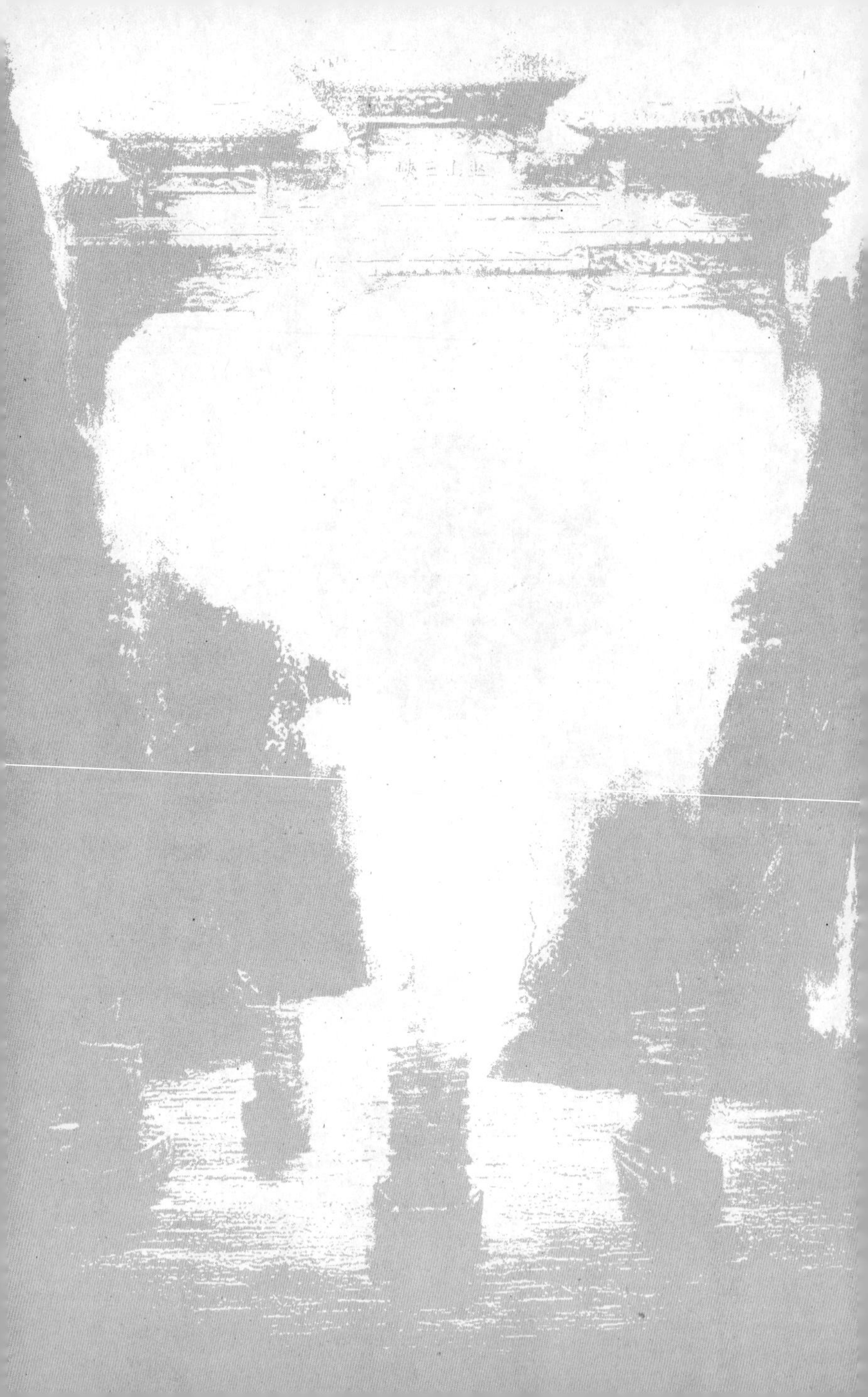

"장주, 아니, 가주께서 움직이셨습니다."

모진의 보고를 들은 소숙이 들고 있던 찻잔을 가만히 내려놓으며 물었다.

"어느 쪽이더냐?"

"정무맹주, 정확히 말씀드리면 화산파의 뒤를 쫓아가셨습니다."

"역시 화산파였던가?"

소숙의 입가에 씁쓸한 미소가 걸렸다.

"군사께선 다른 생각을 하신 것 같습니다."

모진이 소숙의 눈치를 살짝 살피며 말했다.

"가장 좋았던 것은 움직이지 않으시는 것이었지만 기왕 움직이실 것이라면 장강수로맹을 쫓으셨으면 했다."

"하지만 그들은 지금 마황성과 움직이고 있습니다. 군사께서 아직 마황성을 건드릴 때가 아니라고 말씀하신 것으로 기억합니다만."

"당장이야 그렇다 쳐도 언젠가는 각자의 길을 가겠지. 그때를 노린다면 그들을 해치우는 것도 큰 무리는 없을 터. 아쉽구나. 일도파산과 영사금창을 이대로 보내는 것은 정말 아까운 일이야. 그들 개인의 가치도 가치지만 그들이 건재한 것과 그렇지 못했을 때 장강수로맹의 전력을 감안해 본다면 그들은 반드시 제거가 되어야 하거늘."

소숙의 안타까운 얼굴을 보며 모진이 조심스레 물었다.

"지금이라도 명을 하시면 공격은 가능합니다."

"되었다. 저들이 바보가 아닌 이상 대비를 할 터. 가주께서 움직이셨다면 모를까 그렇지 않다면 쉽게 쓰러질 자들이 아니다. 오히려 이쪽의 피해만 커질 가능성이 높아. 네 말대로 마황성과 충돌할 가능성도 다분하고. 아, 생각난 김에 장강수로맹을 요격하기 위해 움직였던 아이들을 모두 철수시키거라. 괜한 공명심에 일만 그르칠 수 있으니."

"그리 조치하겠습니다. 하온데 군사님."

"말해라."

"가주께서 직접 쫓으실 만큼 청풍이란 자가 뛰어난 것입니까? 천룡쟁투를 거머쥐고 나름 명성을 날리고 있기는 가주께서 직접 움직이실 정도는……."

"무슨 생각을 하는지 안다. 노부의 생각 또한 다르지 않고. 하지만 가주께서 그렇게 판단하셨다면 그만한 이유가 있는 것이겠지. 우리야 단순한 정보와 사실을 가지고 판단하는 것이지만 가주께선 직접 우리가 알 수 없는 그 이면의 것까지 파악을 하실 수 있을 터이니."

"그렇군요."

모진이 고개를 끄덕이자 소숙은 가만히 차를 한 모금 들이켠 후, 말을 이었다.

"포로들은 어찌하고 있느냐?"

"별다른 소요 없이 쥐 죽은 듯이 있지만 두려움이 역력한 모습들입니다."

"그렇겠지. 그렇게 죽어나갔으니."

소숙은 천무장의 진실 된 이름이 천추세가임을, 그리고 바로 장군가임을 알렸던 오후의 일을 떠올리며 한숨을 내쉬었다.

당시 거센 반발을 하다 목숨을 잃은 자의 수만 백여 명이 넘었다.

그나마 적당한 선에서 물러날 여지를 주었기에 망정이지 그렇지 않았다면 살아남는 사람이 없었을 것이다.

"각 문파의 수장과 개인들에겐 혈고를 주입하여 우리에게 동조하게 만들고 있습니다만 나머지 사람들은 어찌 처리를 해야 할지 모르겠습니다."

"혈고를……."

"혈고가 부족합니다. 이미 혈고를 많이 소비해서 남아 있는 것이 얼마 되지 않습니다."

"광의에게 얘기는 해보았느냐?"

"예. 다시 배양을 하려면 적어도 석 달은 걸린다고 합니다."

"할 수 없지. 나머지 숫자가 얼마나 된다고?"

"대략 삼백 정도입니다."

"일단 그들의 사문에 연락을 취해놔. 그들에 대한 처리는 이후에 천천히 생각해도 늦지 않을 것이다."

"예. 그리 처리하겠습니다."

"첫 시작으로 정무맹과 소림, 개방을 무너뜨린 것은 꽤나 큰 성과였지만 앞으로가 더 중요하다. 가주께서 나섰으니 정무맹의 잔당이야 신경 쓸 일은 없겠지만 아직 처리해야 할 중요한 문파들이 많이 남아 있어."

소숙의 눈이 탁자 위의 지도로 향했다.

정무맹과 소림 등에 위치해 있던 깃발은 쓰러져 있었지만 주요 문파들을 상징하는 깃발은 여전히 많았다.

"우선적인 목표는 바로 이곳."

소숙이 손가락을 튕겨 쓰러뜨린 깃발엔 무당이란 이름이 쓰여 있었다.

"천검에게선 연락이 왔느냐?"

"예. 나흘 후면 무당산에 도착을 한다고 하였습니다."

"나흘? 생각보다 늦군. 전력을 다한다면 사흘 정도면 도착할 줄 알았건만."

"아무래도 은밀히 움직이다 보니 그런 것 같습니다."

"상관없겠지. 하루 이틀 정도야 큰 차이가 없으니. 목 장로 일행과 시간만 잘 맞추면 돼. 목 장로는 도착했지?"

"예. 이미 천선채(天璇寨)의 병력을 접수하시고 천검과 불사완구를 기다리고 있습니다. 취운각의 요원들이 따라붙어 긴밀하게 연락을 주고받는 상황이니 걱정하지 않으셔도 될 것입니다."

"음. 다행이군. 그런데 천선채가 정확히 어느 정도 위치라고 했지?"

"녹림십팔채 서열 육 위입니다."

"육 위라면 쓸 만은 하겠군."

"예. 각 산채마다 실력 차이가 상당히 있지만 천선채 정도면 어지간한 문파와 상대해도 밀리지 않을 정도입니다."

소숙이 만족한 미소를 지으며 고개를 끄덕였다.

"총채주가 제법 신경을 썼군."

"자신들이 적극적으로 요청을 했으니 최소한 그만한 전력은 지원을 해야지요."

"그래도 다행이야. 흑랑회의 피해가 제법 되는 것 같아서 걱정이었는데 녹림의 지원으로 흑랑회의 전력을 아끼게 되어서 말이야."

"모든 것이 가주님의 덕분이지요."

"그렇… 긴 하지."

하지만 고개를 끄덕이는 소숙의 표정은 그리 편하지는 않았다.

그도 그럴 것이 얼마 전까지만 해도 녹림십팔채는 천추세가와 아무런 연결 고리가 없었다. 오히려 잠재적인 적으로 포섭에 실패하면 제거해야 하는 대상이었다.

그런데 천무장의 개파대전을 며칠 앞둔 시점에서 녹림 총채주의 움직임이 취운각의 요원들에게 포착된 것이다.

게다가 개파대전에 직접 참가하는 것도 아니었음에도 천무장과의 거리가 상당히 가까웠다.

보고를 받은 날 밤, 한호는 소수의 천위영만을 대동한 채 총채주 일행이 은밀히 머물고 있다는 곳을 향해 떠났다.

사흘 후, 한호가 소숙의 잔소리를 들으며 천무장으로 돌아왔을 때 녹림십팔채는 이미 그의 발아래에 놓여 있었다.

"무당파를 쓰러뜨린 후, 곧바로 서북진해서 종남까지 무너뜨리면 될 것이고."

소숙이 종남파의 깃발을 쓰러뜨렸다.

"항산파(恒山派)는 천추일대와 이대가 움직이면 될 것이고."

항산파라 쓰인 깃발도 힘없이 넘어졌다.

"백리세가는……."

"지금쯤 하후세가에서 손을 쓰고 있을 겁니다."

"그러면 백리세가 역시 문제가 없겠고."

소숙의 손짓에 안휘성에 위치해 있던 백리세가의 깃발 역시 속절없이 쓰러지고 말았다.

"태산파는?"

"이미 확실하게 포섭된 것으로 압니다."

확실하다는 말은 곧 혈고가 사용되었다는 것을 의미했다.

"황보세가는 구룡상회와 용천방이 위아래에서 압살시킨다고 했으니 또한 문제가 없겠군."

하남과 하북, 산동의 경계에 위치해 있던 황보세가의 깃발은 아예 지도 밖으로 튕겨져 나갔다.

"그럼 장강 이북의 문파들은 대충 정리가 되는 것인가?"

여전히 많은 수의 깃발이 남아 있었지만 구파일방과 오대세가의 주축이라 할 수 있는 문파들이 대거 쓰러진 이상 시간이 문제일 뿐 천추세가의 힘을 거스를 곳은 없다고 해도 과언이 아니었다.

"황하련은 어찌하실 생각입니까?"

모진이 물었다.

소숙이 조금은 곤혹스런 표정을 지으며 대답했다.

"솔직히 골치 아픈 곳이다. 이놈들은 만만치가 않아. 황하련주가 무림십강의 고수라는 것은 둘째치고 지형적으로 공격하기가 쉽지 않지. 게다가 여차하며 배를 타고 도주를 해버리면 그만이니까."

"황하련의 총단이 있는 삼문협은 소림에서 지척입니다. 천추단을 항산이 아니라 우선적으로 황하련으로……."

"그건 안 된다."

소숙이 단호히 고개를 저었다.

놀란 모진이 당황스런 표정을 짓자 소숙이 한숨을 내쉬었다.

"네 말대로 지척에 있는 소림사가 당한 것을 뻔히 알고 있는 황하련이 아무런 준비를 하지 않을 리 없다. 무엇보다 황하련주를 상대할 사람이 없어. 천추단을 지원하기 위해 움직였던 세가의 노고수들은 이미 소림사와의 싸움에서 상당한 피해를 당했다."

천추단과 함께 소림을 공격했던 노고수 중 가장 뛰어난 무공을 지닌 태호일선(太湖一仙)이 소림사 장경각주와 동패구사(同敗俱死)한 것이 너무도 뼈아팠다.

"강명(姜鳴) 장로가 있습니다."

"그가 뛰어난 사람인 것은 알지만 역부족이다. 황하련주 정도면 솔직히 태호일선이라 해도 버거운 상대야. 무엇보다 확실히 잡을 수 있다는 확신이 없어."

"하지만 그냥 두고 볼 수는 없지 않습니까?"

"당연히. 그러나 지금은 아니다. 어차피 황하련이 다른 문파들과 연계를 한다거나 하는 행동은 하지 않을 것이고. 하긴 지금은 제 살길 구하느라 바쁘겠지."

소숙이 황하련의 깃발을 만지작거리며 말했다.

"황하련은 그렇다 쳐도 하면 화산파는 어찌하는 것입니까? 비록 몰락하기는 했어도 명색이 화산파입니다."

잠시 생각에 잠겼던 소숙이 고개를 흔들었다.

"화산파 역시 잠시 두고 본다. 지금 당장은 무리다. 쓸데없이 피해가 커질 수 있어."

"예?"

모진이 두 눈을 크게 뜨며 놀랐다.

그런 모진을 보며 소숙이 혀를 찼다.

"쯧쯧, 명색이 취운각주라는 놈이."

모진이 어째서 화를 내는지 모르겠다는 표정을 짓자 소숙이 답답하다는 듯 탁자 위 한쪽에 수북이 쌓여 있는 서류 더미를 뒤지더니 종이 한 장을 꺼내 들었다.

"얼마 전 취운각에서 올라온 보고서다. 노부는 물론이고 네놈 역시 확인한 것이지."

소숙이 건넨 종이를 재빨리 읽어내려 가던 모진이 진땀을 흘리기 시작했다.

"이제 알겠느냐? 노부가 어째서 화산파를 공격해선 안 된다는 것인지."

모진은 차마 대답을 하지 못하고 고개를 숙였다.

"지금 화산엔 이름도 알 수 없는 온갖 절진이 펼쳐져 있다. 와룡숙의 운대 선생이 그 제자들과 함께 설치한 모양인데 운대라 하면 진법에 관한 한 당금 천하에 최고라 할 수 있다. 그런 자가 몇 달에 걸쳐 설치한 진법이 화산파를 보호하고 있는 이상 어지간한 전력으론 피해만 보고 물러날 확률이 크다. 설사 뚫어낸다고 해도 그 피해가 너무 커."

모진이 기어들어가는 음성으로 말했다.

"뇌화문의 도움을 받으면……."

말이 끝나기도 전에 호통이 터져 나왔다.

"네놈이 제정신이냐? 빈대 하나 잡자고 아예 집을 태울 놈이로구나!"

"죄, 죄송합니다. 하지만 화산파를 그냥 둔다면 반드시 후환이 따를 것입니다."

"뚫지 못하면 뚫지 않으면 그뿐이다."

"예?"

모진이 이해하지 못하겠다는 얼굴로 되물었다.

"우리가 뚫지 못하면 제 놈들도 나오지 못하게 하면 된다. 굳이 피해를 늘려가며 진법을 뚫을 필요가 없단 말이다."

모진의 얼굴의 환해졌다.

"아예 봉쇄를 하자는 말씀이시군요."

"이제야 말귀를 알아듣는구나. 애써 쳐들어갈 필요 없이 그저 밖으로 나오지 못하게 지키고만 있으면 알아서 고사할 것이야. 그게 아니라면 제 놈들 스스로 밖으로 뛰쳐나오겠지. 그때 상대해도 늦지는 않다. 청풍과 청우가 없는 화산파에서 고수라 불릴 수 있는 사람은 청진자 정도뿐이니 그리 어려울 것도 없고."

"그리 조치하겠습니다. 무당을 친 이후, 천선채의 병력을 이용하면 될 것 같습니다."

소숙이 고개를 흔들었다.

"천선채만으론 부족하다. 화산 인근에 녹림과 연관된 산채들이 더 있더냐?"

"예. 몇 곳 있는 것으로 압니다만 수준이 조금 떨어집니다."

"상관없다. 총채주라는 놈이 멍청한 놈이 아니니 대충 언질만 주면 알아서 조치를 취할 것이다."

"알겠습니다."

"혈사림 쪽 상황은 어찌 되고 있느냐?"

소숙의 물음에 모진의 안색이 어두워졌다.

"힘든 모양이구나."

"예. 최선을 다해서 돕고는 있지만 애당초 인면호리라는 자의 능력이 워낙 부족하여 고전을 면치 못하고 있습니다."

"그만한 놈이니까 그리 쉽게 넘어온 것이겠지. 게다가 너무 빨리 들켰다. 그 바람에 혈사림주까지 놓치고 말았고. 멍청한 놈 같으니."

혈사림의 깃발을 신경질적으로 낚아챈 소숙은 깃발을 아예 가루로 만들어 버렸다.

이번 계획에 거의 유일한 실패라면 혈사림주를 놓친 것.

만약 혈사림주를 잡았다면 상황이 달라졌을 터였다.

"혈사림주에 대한 조취를 취하지 않으셨습니까? 그라면 혈사림주를 잡을 수 있다고 봅니다."

소숙이 고개를 흔들었다.

"처음엔 그렇게 확신했지. 하지만 지금은 반반이라고 본다."

"……."

모진이 놀란 눈으로 바라보자 소숙이 씁쓸한 웃음을 지었다.

"웃기는 일 아니냐? 다른 사람도 아니고 소면살왕을 보내 놓고도 이런 생각을 하다니 말이다."

* * *

장강수로맹의 눈이라 할 수 있는 운밀각.

며칠째 밤을 지새우다시피 한 장청이 벌건 눈을 비비며 보고서를 읽고 있었다.

그의 앞에는 장청 못지않게 피곤한 기색이 역력한 항몽이 심각하게 굳은 표정으로 앉아 있었다.

"이게 대체 무슨 말입니까? 천추세가에서 정무맹을 공략하는 데 괴물을 동원했다. 그런데 강시 같지만 강시가 아니라니요?"

"말 그대로예요. 강시 같지만 강시가 아닌 괴물이 천추세가에 존재해요. 그리고 바로 그것들 때문에 정무맹이 저토록 허망하게 무너진 것이고요. 확인되지 않은 사실에 의하면 송운노사께서 목숨을 잃으신 것도 바로 저 괴물 때문이라고 하더군요. 아, 천추세가에선 그 괴물을 불사완구라고 부르답니다."

"불… 사… 완구."

불사완구란 이름을 몇 번 되뇌던 장청이 기분 나쁜 표정으로 말했다.

"어째 기분이 좋지 않은 게 영 불길하군요."

"불길한 정도가 아니지요. 불사완구에 대해 올라오는 보고를 취합해 보면 이건 단순히 괴물 정도가 아니에요. 도검불침에 목이 잘리지 않는 한 죽지도 않는데다가 고통도 느끼지 못하니 숨이 끊어지는 순간까지 싸움을 멈추지 않는다고 하는군요. 정무맹의 장로 정도 수준은 되어야 겨우 상대할 수 있다고 하니 이건 정말……."

항몽은 극도의 공포심을 드러내며 몸을 떨었다.

"그, 그런 말도 안 되는……."

비로소 불사완구라는 괴물이 지닌 힘과 그로 인해 감당해야 할 피해가 얼마나 큰 것인지 이해한 장청이 찢어져라 눈을 부릅떴다.

"더 심각한 것은 불사완구가 정무맹을 무너뜨렸다는 거지요. 그리고 그 정무맹을 향해 맹주께서 움직이고 있다는 거예요."

"부, 불사완구가 아직도 정무맹에 머물고 있습니까?"

장청이 떨리는 가슴을 진정시키며 물었다.

"그게 확인이 잘 되지 않고 있어요. 어떤 보고에는 정무맹에 머물고 있다는 것 같기도 하고, 어떤 보고에는 이미 흔적도 없이 사라졌다고 하기도 하고요."

"만약 정무맹에서 사라졌다면 어디로 갔을까요?"

"글쎄요. 다른 목표를 향해 움직였거나 아니면……."

항몽과 장청의 눈이 허공에서 얽혔다.

"정무맹주, 나아가 정무맹을 구하려고 몰려드는 이들을 상대하기 위해 움직였을 수도 있겠군요."

장청의 말에 입술을 질끈 깨문 항몽이 고개를 끄덕였다.

"맹주께선 이 사실을 모르실까요?"

"아마도요. 개방과 정무맹의 총단이 적의 손아귀에 넘어가면서 정보망이 완전히 무너졌으니까요."

항몽의 대답에 붉게 상기된 장청의 얼굴이 확 일그러졌다.

"자칫하면 맹주께서 불사완구와 싸워야 한다는 말이군요."

"예. 맹주께서 강하시다는 것은 알지만 불사완구라는 괴물은… 게다가 그 수가 이백에 육박한다고 하니 도저히 감당할 수 없을 것 같아요."

하오문의 정보력이 얼마나 뛰어난지 누구보다 잘 알고 있는 장청은 항몽의 말에 반박을 하지 못했다.

"부각주."

장청의 부름에 운밀각 부각주 청운종(靑雲從)이 얼른 대답했다.

"예. 군사님."

"어르신들은 어디 계십니까?"

"지금쯤이면 집결지인 무한에 거의 도착하셨을 겁니다."

"병력이 모두 모이려면 얼마나 걸릴 것 같습니까?"

이미 생각을 한 듯 바로 대답이 나왔다.

"생사림의 병력이 합류를 하려면 최소한 하루는 더 걸립니다."

"뇌하 어르신께서도 움직이셨습니까?"

"움직이지 않으신 것으로 압니다."

"음."

장청의 입에서 신음이 흘러나왔다.

유대웅과 자우령이 없는 지금 장강수로맹에서 내세울 수 있는 최강의 실력자는 뇌하였다.

다만 문제는 뇌하가 장강수로맹에 속해 있지 않기에 맹주인 유대웅조차 그에게 부탁을 할지언정 함부로 명을 내리지 못한다는 것이었다.

"할 수 없군요. 지금 즉시 전서구를 띄우세요."

"생사림으로 띄웁니까?"

"아닙니다. 우선 맹주님께 보냅니다. 이미 늦었을지 모르나 어쨌든 지금까지의 상황과 특히 불사완구에 대해 자세히 알려 드려야 합니다."

"알겠습니다."

"태상장로님께도 띄웁니다. 연락을 받는 즉시 맹주님을 돕기 위해 이동하시라 전하세요."

"예?"

청운종은 물론이고 항몽까지 놀란 표정이 역력했다.

"아시다시피 맹주님께선 상당한 위험에 직면하셨습니다. 무한에 집결하고 있는 병력이 아무리 빨리 움직여도 며칠은 지나야 맹주님을 도울 수 있습니다. 하지만 마황성과 함께 움직이고 있는 병력이라면 맹주님께 큰 도움이 될 것입니다."

"그렇지요. 태상장로님과 태상호법님이 계시니까요."

항몽이 고개를 끄덕였다.

"한 명 더 있지요."

장청이 의미심장한 웃음을 지었다.

"단심대주를 말씀하시는군요."

항몽의 말에 장청이 고개를 끄덕였다.

"그렇습니다. 부각주는 생사림에도 연락을 취하세요. 과장할 필요는 없습니다. 그저 상황이 얼마나 심각한지만 알려 드리세요. 증손자를 아끼시는 분이니 반드시 움직이실 겁니다."

"알겠습니다."

청운종이 반색을 하며 대답했다.

애써 내색은 하지 않으나 장강무적도 뇌하가 증손자를 무척이나 아낀다는 사실을 장강수로맹에 속한 이들 중 모르는 사람은 아무도 없었다.

모르긴 몰라도 전서를 받는 즉시 증손자를 구하기 위해 생사림을 뛰쳐나올 것이다.

"또한 운밀각의 모든 요원은 천추세가와 장강 주변으로 수상한 움직임은 없는지 철저하게 감시해야 할 것입니다. 자칫하면 다른 문파들이 그랬던 것처럼 놈들에게 급습을 허용할 수 있습니다."

"명심하겠습니다."

"문주님의 도움이 절대적으로 필요합니다."

"물론이지요. 다른 곳도 아니고 천추세가입니다."

평생의 숙적이자 원수가 아니던가!

대답을 하는 항몽의 눈빛은 싸늘하기 그지없었다.

* * *

정무맹의 수복이라는 명분을 가지고 정무맹주를 따르던 천추세가의 무인들이 태도를 돌변하여 전격적으로 공격을 시작한 곳은 애당초 그들의 공격 지점이던 백학령에 한참 미치지 못한 운봉산(雲鳳山)이었다.

비연을 통해 천추세가의 암계를 눈치챈 당학운은 그 즉시 소림사의 무오 대사를 찾았다.

정무맹주와 그를 따르는 수많은 사람과 문파들이 있었지만 누가 아군이고 적군인지 정확하게 판단하기 힘든 상황에서 소림사의 무오 대사만큼은 확실한 아군이란 생각 때문이었다.

당학운의 방문을 받은 무오 대사는 천추세가의 치밀한 계획에 치를 떨며 불같이 노했다.

당장 공격하겠다는 무오 대사를 간신히 달랜 당학운은 이후, 정무맹주를 만나 사정을 얘기하고 유대웅의 당부대로 최대한 시간을 끌 것을 요청했다.

당학운과 무오 대사의 설명에도 반신반의 하던 정무맹주는 당학운과 무오 대사의 말을 전적으로 무시할 수는 없었는지 일단은 그들의 의견을 따라 휴식 시간을 조금 더 연장하며 일행의 이동을 지체시켰다.

물론 그렇다고 천무장을 완전히 의심한 것은 아니었다.

당학운과 무오 대사 말대로 이동을 조금 지체시킨다 하더라도 당장 큰 문제는 없다고 판단해서 그런 조취를 취한 것이었다.

정무맹주가 시간을 끄는 사이 당학운과 무오 대사는 일행 중 어떤 자들이 천추세가에 포섭된 자들인지 가려내기 위해 무던히 애를 썼다.

하지만 워낙 짧은 시간이었고 천추세가의 이목을 피해야 하는 일이었기에 뚜렷한 성과는 없었다.

결국 당학운과 무오 대사의 움직임을 수상히 여기던 천추세가는 더 이상 기다렸다간 오히려 기회를 잃을 수 있다고 판단하곤 두 번째 휴식지인 운봉산에서 전격적으로 공격을 감행했다.

그러나 기습은 될 수가 없었다.

그들의 움직임을 면밀히 감시하고 있던 당학운과 무오 대사가 곧바로 혼란을 수습하며 역공을 펼친 것이다.

거기에 조금 의심을 하고 있었지만 여전히 그들을 믿고 있던 정무맹주가 배신감에 몸을 떨며 전면에 나서니 병력의 수에서 압도를 당한 천추세가가 오히려 밀리는 형국이었다.

어처구니없는 반전은 기세를 올리며 공격을 펼치던 정무맹 내부에서 일어났다.

후미에서 지원을 하던 낙운파(洛澐派)를 비롯하여 도원문(桃園門), 환검문(幻劍門), 일월장(日月莊) 등이 돌연 본색을 드러냈다.

방금 전까지 함께 웃고 떠들며, 무림 정의를 부르짖던 동료들의 배신에 다들 어찌할 바를 몰라 했다.

천추세가를 맹렬히 공격하던 진영은 순식간에 무너지고 극도의 혼란에 빠지고 말았다.

그런 상황에서 백학령에서 대기하고 있다가 연락을 받고 미리 이동한 천추삼대까지 나타나 공격을 시작하자 승기는 천추세가로 완전하게 넘어가 버렸다.

대다수가 이십대 초중반의 청년들로 구성된 천추삼대의 무위는 실로 놀라울 정도였다.

숫자는 적었지만 개개인의 실력이 정무맹에서 가장 강하다는 정무맹주의 호위대가 그들을 상대하다 속수무책으로 무너질 정도였는데 그것도 수적인 우위가 아니라 일대일의 대결에서 모조리 패퇴하여 쓰러진 것이었다.

특히 천추삼대를 이끌고 있는 대주 내백호(來白虎)의 무위는 실로 무서워서 그를 상대하던 장로 황부가 고작 십여 초를 버티지 못하고 무너지고 말았다.

더욱 공포스러운 것은 각 조의 조장들의 실력 또한 내백호에 못지않다는 것이었다.

그들은 정무맹주를 따르던 원로들의 목숨을 취하면서 그것을 증명하고 있었다.

그러나 천추삼대가 등장하면서 금방이라도 끝날 것 같은 싸움은 시간이 제법 흘렀음에도 계속 이어지고 있었다.

배반자들이야 그렇다 쳐도 불리한 상황에서 정무맹주를 따라온 여러 문파는 그야말로 정의감 하나로 목숨을 내던진 이들.

정무맹주를 중심으로 죽음을 각오하고 버티는 군웅들과 독의 대명사 당가, 그리고 사문으로부터 파문이라는 극단적인 조치를 당한 이후, 그 치욕을 갚기 위해 혼신의 힘을 다하는 소림사의 활약이 있었기에 극도로 불리한 상황임에도 그나마 버틸 수가 있었던 것이다.

"계속 두고 보실 생각입니까?"

소숙의 직속으로 군사의 역할을 하고 있는 석단이 우려 섞인 음성으로 물었다.

"아니. 그렇잖아도 움직이려 했네."

철검서생 사도연이 난마처럼 얽힌 전장을 살피며 말했다.

"누구를……."

"이곳에서 나와 검을 나눌 수 있는 사람은 두어 명뿐. 기왕 나선다면 그중 가장 영향력이 큰 사람을 상대해야겠지."

석단의 눈이 사도연의 시선을 좇았다.

나비처럼 부드럽게 날아서 벌보다 매섭게 아군을 쓰러뜨

리고 있는 당학운의 모습이 들어왔다.

석단의 안색이 환해졌다.

정무맹주가 발광을 하고 있었지만 누가 뭐라 해도 현재 정무맹의 핵심은 당학운이었다.

소림사의 무오 대사 역시 상당한 활약을 하고 있었으나 전체적인 영향력을 따졌을 때 전장을 누비며 싸움을 독려하는 당학운에 비할 바는 아니었다.

"저자만 쓰러지면 싸움은 곧 끝날 것입니다."

"같은 생각이라네."

사도연이 빙긋 웃으며 당학운을 향해 걷기 시작했다.

아수라장으로 변해 버린 전장이었으나 그의 앞에 거칠 것은 아무것도 없었다.

당학운을 향해 일직선으로 나아가는 사도연.

정신없이 적을 쓰러뜨리고 있던 당학운도 자신을 향해 밀려드는 거대한 기운을 감지했다.

"철검… 서생."

당학운의 입에서 묵직한 침음이 흘러나왔다.

그야말로 최악의 상대였다.

스스로의 실력에 자신이 없는 것은 아니었으나 상대가 무림십강 중 일인이라면 얘기가 달랐다.

게다가 자신이 그에게 쓰러진다면, 아니, 상대에게 발목이 잡히는 순간부터 가뜩이나 불리한 전세는 다시는 회복하기 힘들 정도로 기울어질 것이다.

'그래도 최대한 버텼다. 이제는 하늘에 그 운명을 맡기는 것뿐.'

아무리 애를 써도 태산이라도 무너뜨릴 기세로 다가오는 철검서생을 피할 방법도 없었고 버티는 것이 고작인 전세를 뒤엎을 힘도 없었다.

"오라!"

당학운의 전신에서 놀라울 정도로 날카로운 기세가 뿜어져 나오기 시작했다.

*　　*　　*

천무장, 아니, 천추세가의 개파대전에 참석하고 돌아가는 사절단 중 그나마 불안과 공포에 떨지 않는 이들은 전략적으로 함께 움직이고 있는 마황성과 장강수로맹의 일행뿐일 것이다.

그들이라고 처음부터 안심을 한 것은 아니었다.

정무맹을 비롯해 백도의 주요 문파들을 공격하는 것으로 세상에 모습을 드러낸 천추세가였기에 언제 어떤 식으로 공격을 해올지 알 수가 없었기 때문이었다.

하지만 마월영과 하오문의 정보력으로 천추세가의 움직임을 살펴본 바 다른 문파에 대한 공격은 동시다발적으로 이뤄지고 있었으나 마황성과 장강수로맹에 대해선 별다른 움직임이 없었다. 오히려 길목을 차단하고 있었던 이들이 조용히 사라지며 충돌을 피하는 듯한 인상을 주었다.

천추세가의 의도를 파악하는 것은 어렵지 않았다.

무림삼세 중 사실상 이세와 싸움을 시작한 천추세가의 입장에서 어쩌면 가장 강력하다 할 수 있는 마황성까지 건드린다는 것은 상당한 부담이 될 터였다.

평화가 오래가지 않으리라는 것은 서로가 너무도 잘 알고 있었지만.

장강수로맹의 입장은 마황성과 달랐다.

지금 당장은 마황성으로 인해 안전할지 몰랐지만 상황이 어떻게 돌변할지 전혀 알 수가 없었다.

살얼음을 밟는 듯한 상황에서 귀환하고 있던 장강수로맹 일행에게 장청이 띄운 전서구가 도착한 것은 그들이 막 홍택호를 지나쳤을 무렵이었다.

"음."

서찰을 읽던 자우령의 안색이 딱딱하게 굳었다.

심상치 않은 기운을 눈치챈 뇌우가 덩달아 심각한 표정으로 물었다.

"무슨 일이기에 그러는가?"

"보게."

뇌우가 서찰을 읽는 사이 자우령이 마황성의 수뇌들에게 다가갔다.

"혹 불사완구라는 존재를 알고 있나?"

"불사… 완구?"

잠시 고개를 갸웃거리던 고독검마가 제갈궁에게 고개를 돌렸다.

제갈궁도 고개를 흔들었다.

"마황성에서도 모를 정도라면 확실히 심각한 문제군."

"그것이 무엇인가?"

고독검마가 궁금함을 참지 못하고 질문을 던졌다.

"불사완구는……."

자우령의 설명이 이어질수록 마황성 무인들의 안색이 확 변했다. 특히 제갈궁의 얼굴이 더없이 심각하게 변했는데 다른 누구보다 불사완구의 전략적 가치를 알아차렸기 때문이었다.

"이백여 구라 했습니까?"

제갈궁이 물었다.

"조금은 줄었다고 하더군. 얼마나 줄었는지는 파악이 되지 않았지만."

"대책을 세워야 할 것 같습니다."

제갈궁이 고독검마를 돌아보며 말했다.

"그래야겠지. 하지만 쉽지는 않을 것 같군. 대체 어디서 그런 괴물을……."

그때 뇌우가 한손에 구겨진 서찰을 들고 다가왔다.

"당장 움직여야 하지 않겠나?"

"그래야겠지."

두 사람의 대화에 이상함을 느낀 제갈궁이 물었다.

"다른 문제라도 있으신 겁니까?"

"미안하지만 동행은 여기까지 해야 할 것 같군."

"이유를 여쭤도 되겠습니까?"

잠시 멈칫하던 자우령이 천천히 입을 열었다.

"맹주가 함정에 빠진 정무맹주를 돕겠다고 움직인 모양이네. 문제는 맹주는 불사완구의 존재를 모른다는 것이지. 게다가 천추세가에서 추격자들까지 따라붙고 있는 모양이고."

자우령은 유대웅이 정체를 더 이상 감추지 않았다.

고독검마와 제갈궁은 자우령이 말한 맹주가 유대웅임을 알았지만 적우는 그렇지 않았다.

"장강수로맹의 맹주가 개파대전에 참석했단 말입니까?"

적우가 깜짝 놀란 얼굴로 묻자 옆에 있던 고독검마와 제갈궁이 슬며시 고개를 돌렸다.

자우령이 쓴웃음을 지으며 고개를 끄덕였다.

"참석했네."

"그랬군요. 전혀 알지 못했습니다. 한 번 만나 뵈었으면 좋았을 것을 그랬군요."

"이미 만나 보았다네."

"예?"

적우가 무슨 말을 하느냐는 얼굴로 되물었다.

"천룡쟁투에서 자네와 비무도 했었지."

적우의 몸이 그대로 굳었다.

"화산파의 청풍. 그가 바로 장강수로맹의 맹주라네."

"서, 설마요."

"사실이네."

"말도 안 돼!"

다리의 힘이 풀린 것인지 적우의 몸이 휘청거렸다.

화산검선의 제자이자 화산파의 희망이라 일컬어지는, 천룡쟁투의 우승자가 장강수로맹의 맹주라는 것은 어지간한 일엔 눈 하나 깜짝하지 않을 만큼 심지가 굳은 적우로서도 버티지 못할 정도로 충격적인 사실이었다.

겨우 놀란 가슴을 진정시킨 적우의 눈에 자신과 시선을 피하는 제갈궁과 고독검마의 모습이 들어왔다.

뭔가 이상했다.

화산검선의 제자가 장강수로맹의 맹주라는 충격적인 사실을 접하고도 제갈궁과 고독검마는 별다른 반응이 없었다. 오히려 태연한 모습이 너무도 이상했다.

"혹, 두 분은 알고 계셨습니까?"

"험험. 그렇습니다."

제갈궁이 민망함을 감추지 못하고 대답했다.

"아… 셨다고요?"

적우가 화난 표정을 감추지 못하고 되물었다.

제갈궁이 차마 대답을 하지 못하자 고독검마가 나섰다.

"미안하게 되었네. 그 아이가 화산검선의 제자가 되기 전 노부와 약간의 인연이 있었다네. 그 아이가 커서 장강수로맹의 맹주가 되었다고 알고 있었는데 설마하니 화산파의 제자가 되어 나타날 줄은 몰랐다네. 그 녀석이 간곡하게 부탁을 하더군. 모른 척해 달라고. 그 녀석에게 빚이 있던 노부는 어쩔 수 없이 그 부탁을 들어줄 수밖에 없었네. 물론 성주님께는 알리는 조건으로 승낙을 한 것이지만 상황이 급변하여 군사에게도 그 사실을 알릴 수밖에 없었네. 그러니 자네가 이해를 해주게."

고독검마가 정중히 양해를 구하자 적우도 마냥 화를 낼 수는 없었다.

그러나 여전히 굳은 표정인 것을 보면 기분이 완전히 풀어진 것도 아니듯 싶었다.

그들의 얘기가 대충 정리되었다고 여긴 자우령이 입을 열었다.

"지금 바로 출발할 생각일세. 그래서 말인데 부탁을 하나 해도 되겠나?"

"무엇입니까?"

"꽤나 힘든 여정이 될 것 같군. 목숨을 장담키도 어려울 것 같고. 모두를 데려갈 수 없는 상황이니 저들을 좀 부탁하고 싶은데."

자우령이 가리킨 사람은 운밀각주 사도진과 이생당의 의원들이었다.

얼마나 강행군을 해야 할지 모르는 상황에서 무공을 모르는 이생당 의원들을 데리고 움직인다는 것은 사실상 불가능했다.

장강수로맹의 정보를 책임지고 있는 운밀각의 수장을 위험에 빠뜨릴 수도 없는 일이었다. 그는 전장이 아니라 후방에서 지원을 할 때 더욱 빛이 나는 사람이었다. 물론 그를 수행했던 운밀각의 요원들은 원활한 정보의 교환을 위해서라도 함께 움직일 터였다.

제갈궁은 자우령의 부탁을 기꺼이 받아들였다.

"알겠습니다. 그리하지요."

"고맙군."

그때, 불편한 표정을 고수하고 있던 적우가 재빨리 끼어들었다.

"대신 조건이 있습니다."

"조건?"

"대공자!"

제갈궁이 만류했지만 적우는 들은 척도 하지 않았다.

"무엇인가? 말해보게."

"저도 함께 가겠습니다."

"무슨 뜻인가?"

"다른 의도는 없습니다. 그저 천추세가가 만들어 냈다는 불사완구를 보고 싶을 뿐입니다."

하지만 모두의 귀에는 불사완구가 아니라 유대웅을 다시금 만나고 싶다는 말로 들렸다.

"대공자는 마황성의 상징과도 같은 존재입니다. 자칫하면 천추세가와 큰 문제가 야기될 수 있습니다."

제갈궁이 우려를 표했다.

"저들의 목표가 무림제패인 이상 우리와 부딪칠 수밖에 없습니다. 이는 군사께서도 아시는 것 아닙니까?"

"그렇긴 하지만 지금 당장은 아닙니다."

제갈궁이 반대 의사를 확실히 표명했다. 그런데 고독검마는 생각이 조금 다른 듯했다.

"꼭 그렇게 생각할 것만은 아니라고 보네."

"장로님."

"대공자 말대로 불사완구에 대해선 보다 확실하게 알아볼 필요가 있어."

"그건 차후에 마월영을 통해서 확인하면 됩니다."

"단순히 보고를 통해 아는 것과 눈으로 직접 보고 겪어보는 것은 천지 차이지. 게다가 천추세가가 과연 어느 정도의 전력을 지녔는지도 확인해 보고 싶군."

말뜻이 어딘가 이상했다.

"설마 장로님께서도 가시겠다는 겁니까?"

제갈궁이 눈을 동그랗게 뜨고 물었다.

"당연히. 대공자 혼자 보낼 수는 없는 노릇 아닌가?"

고독검마다 태연히 반문했다.

적우는 고독검마가 자신의 편을 들어주자 언제 화를 냈냐는 듯 환한 웃음을 지으며 말했다.

"이것으로 결정된 것 같습니다, 군사."

"끄응."

고독검마까지 적우의 의견에 찬동을 하고 나서자 막을 방법이 없다고 여긴 제갈궁이 앓는 소리를 내며 고개를 흔들었다.

"너무 걱정하지 마십시오. 분명히 말씀드리지만 우리는 그저 적의 수준을 살피러 가는 것뿐입니다. 천추세가 놈들과 충돌할 일은 없을 겁니다."

"노부도 약속하지."

"지키지 않을 약속은 하지도 마십시오."

적우와 고독검마의 눈빛에서 진실이라고는 털끝만큼도 찾아보지 못한 제갈궁은 퉁명스레 대꾸하며 땅이 꺼져라 한숨을 내쉬었다.

* * *

철검서생 사도연이 검을 비스듬히 늘어뜨리며 선공을 양보했다.

모욕감을 느낀 것인지 당학운의 이마가 살짝 좁혀졌다가 이내 펴졌다.

당학운은 연배는 비록 자신보다 어리나 무림에서의 명성은 자신이 사도연에 비할 바가 아니라는 것을 인정했다.

다른 한편으론 그의 대범함에 감탄을 하기도 했다.

일정 수준에 이른 고수들의 싸움에 있어 선공을 양보한다는 것은 싸움의 기선을 빼앗긴다는 말과 같은 것이다.

실력이 비슷했을 땐 얘기할 것도 없고 다소 차이가 나더라도 기선을 잡고 공세를 취하다 보면 예상 밖의 결과가 나오기도 하는 법. 그런 의미에서 선공의 의미는 몹시 중요했다.

'그만큼 자신이 있다는 말이겠지.'

당학운은 태연자약한 사도연의 모습을 보며 선공을 양보하고서도 언제든지 승리할 수 있다는 자신감을 엿보았다.

속이 부글부글 끓었지만 다시금 인정하지 않을 수 없었다.

'과연 무림십강이란 말이군.'

당학운이 사도연을 차분히 살피기 시작했다.

평범했다.

편하게 벌린 두 다리는 툭 치면 넘어갈 것처럼 약해 보였고 거의 지면에 닿을 정도로 내려진 검에선 별다른 날카로움이 느껴지지 않았다.

그러나 착 가라앉은 눈빛을 보는 순간, 전신에 소름이 돋았다.

벼락이 등줄기를 타고 흐르는 듯 짜릿한 전율감이 온몸을 휘감았다.

딱히 기세를 뿜어낸 것도 아니고 어떤 위협을 보인 것도 아니었다. 그저 무심히 바라만 본 것임에도 당학운은 사도연의 눈빛에서 그가 어느 정도의 힘을 지녔는지 제대로 확인할 수 있었다.

'힘들… 겠군. 확실히 버거운 상대야.'

그렇다고 피할 수 있는 상대가 아니었다. 게다가 상대가 선공까지 양보하지 않았던가.

당학운이 손에 들고 있던 검을 떨어뜨렸다.

포기? 결코 아니었다.

사도연은 검을 놓은 당학운이 품에서 여덟 자루의 비도를 꺼내는 것을 보며 표정이 살짝 변했다.

'일수비천.'

한 번의 출수로 천 개가 넘는 암기를 뿌린다는, 당학운의 별호를 떠올린 사도연은 여유롭던 눈빛을 날카롭게 빛냈다.

"보일 수 있는 것이라곤 몇 가지 잔재주뿐이니 웃지 마시게나."

당학운이 비도를 만지작거리며 말했다.

"그럴 리가요. 천하의 그 누구도 당가의 비도술을 잔재주라 여길 수 있는 사람은 없습니다."

"그런가? 고맙군."

살짝 웃은 당학운이 지그시 눈을 감으며 심호흡을 했다.

어차피 오래 끌 수 없는 승부였다.

실력도 실력이거니와 뒤에 물러나 있던 사도연에 비해 당학운은 꽤나 오랫동안 이어진 싸움에 다소 지친 상태였다.

번쩍!

당학운의 눈이 떠짐과 동시에 여덟 개의 섬전이 사도연에게 날아갔다.

둘 사이에 약간의 거리가 있었지만 그 정도의 거리는 전혀 문제가 되지 않았다.

눈으로 따라가기가 힘들 정도로 빠르게 밀려드는 여덟 자루의 비도.

치명적인 사혈만을 노리며 짓쳐 드는 비도를 보며 사도연의 입에서 절로 탄성이 터져 나왔다.

"대단하다!"

최근 들어 새로운 강자들의 등장으로 부쩍 호승심이 늘어난 사도연은 당학운과 같은 실력자와 싸우게 된 것이 무척이나 기쁜 것 같았다.

표표한 걸음으로 물러나는 사도연의 검이 부드럽게 움직이며 날아오는 비도를 밀어냈다.

철검서생 사도연의 독문무공 군자팔검의 첫 번째 초식 한운담영(閒雲潭影)이었다.

방향을 잃고 흔들리는 비도를 회수하는 당학운의 얼굴은 밝지 못했다.

첫 번째 공격이라지만 전력을 다한 공격이었다.

어느 정도 자신도 있었다.

하지만 사도연은 그저 가볍게 검을 회전시키는 동작만으로 자신의 공격을 쉽게 막아냈다. 물론 간단한 동작 안에 무수한 변화가 숨어 있다는 것은 느꼈으나 그래도 이토록 무력하게 막힐 줄은 상상도 못한 것이다.

'어차피 각오한 일이거늘.'

당학운이 입술을 지그시 깨물었다.

상대는 무림십강 중 한 명이었다.

한두 번의 공격으로 일희일비(一喜一悲)하기엔 처음부터 너무도 버거운 싸움이었다.

'그저 최선을 다한다.'

당학운의 각오가 실린 것인지 다시금 비상하는 비도의 날카로움은 처음과 비교할 바가 아니었다.

第三十章
운명적인 만남

"크으윽!"

고통스런 신음과 함께 정무맹주 화진광의 몸이 비틀거렸다.

방금 전 받았던 공격이 얼마나 강력했는지 물러날 때마다 땅바닥에 새겨지는 족인의 깊이가 상당했다.

"제법 잘 버티는 것을 보면 그래도 이름값은 하는구나. 지금이라도 항복을 하면 목숨만큼은 살려줄 수 있다."

섬전귀 번창이 거만하게 웃으며 말했다.

"닥쳐라! 항복을 하느니 차라리 이 자리에서 죽겠다. 대신 혼자 죽지는 않는다. 바로 네놈과 함께 죽을 것이다."

화진광이 분노로 이글거리는 눈빛으로 소리쳤다.

비록 자신에게 주어진 권력을 즐기고, 우유부단하며, 이런 저런 이권에 개입을 하면서 많은 구설수에 오른 화진광이었지만 그래도 정무맹의 맹주로서 적에게 목숨을 구걸할 정도로 심지가 약한 사람은 아니었다.

게다가 뼈저린 배신까지 당한 상태였다.

하지만 그런 말을 하기엔 그의 상태가 너무 좋지 못했다.

갈가리 찢어진 의복 사이로 무수한 상처가 모습을 보였다.

제대로 지혈도 하지 못한 것인지 대부분의 상처에서 여전히 피가 흘러나왔는데 특히 왼쪽 어깨 쪽의 부상은 상태가 심각했다.

어깨의 살점이 완전히 뭉개져 뼈가 훤히 드러났고 그 뼈마저 산산조각이 난 상태였다.

그에 반해 섬전귀의 부상은 옆구리 쪽에 다소 타격을 받은 것 외에는 별다른 부상이 없었다.

사실 섬전귀가 뛰어난 고수이기는 해도 화진광 또한 만만치 않은 실력자였다. 그렇게 일방적으로 당한다는 것은 말이 되지 않았는데 다만 천추세가에 잘 보이기 위해 필사적으로 덤벼든 배신자들, 그리고 이어진 천추단과의 힘겨운 싸움 끝에 화진광은 몸과 마음이 지칠 대로 지쳐 버렸다. 그러니 섬전귀의 독날하고 매서운 공격을 감당할 수가 없는 것이었다.

"크크, 나름 정무맹의 맹주라 이건가. 눈물겹군. 좋아, 원하는 대로 해주지."

섬전귀가 차갑게 웃으며 검을 들었다.

화진광은 자신의 피로 번들거리는 검을 뚫어져라 바라보며 공격에 대비했다.

탁한 기합성과 함께 섬전귀의 몸이 튕기듯 날아왔다.

마치 먹이를 노리는 맹수처럼 달려드는 섬전귀의 기세는 무시무시했다.

이미 수많은 부상으로 섬전귀의 움직임을 감당할 수 없었던 화진광은 오히려 역공을 펼치기 가장 좋은 자세로 그의 공격을 기다렸다. 그리곤 마지막 남은 힘을 다해 검을 움직였다.

섬전귀의 검과 화진광의 검이 허공에서 부딪치며 격렬한 마찰음을 토해냈다.

섬전귀의 몸이 왼쪽 방향으로 움직이고 동시에 가로막혔던 검이 어느새 방향을 틀어 화진광의 옆구리를 훑어왔다.

움직이고 싶어도 몸이 움직여지지 않았다.

섬전귀의 공격을 막는다는 것이 불가능하다는 것을 깨달은 화진광은 오히려 그를 향해 몸을 날리며 미간에 검을 찔러 넣었다.

섬전귀는 갈등했다.

이대로라면 자신의 검이 화진광의 몸통을 단숨에 끊어버릴 것이고 정무맹주의 목숨은 사라질 것이나 자칫하다 상대의 검에 자신 또한 부상을 당할 가능성이 있었다.

가능성이 희박한 일이긴 했으나 만에 하나라도 부상을 당하면 자신만 손해였다.

어차피 끝난 싸움에 괜한 손해를 감수할 필요가 없다고 여긴 섬전귀가 검을 치켜 올리며 화진광의 공격을 막아냈다.

바로 그 순간, 화진광의 왼팔이 섬전귀의 검을 휘감았다.

화진광의 의도는 아니었다.

애당초 어깨가 완전히 뭉개져 자의로 팔을 움직일 상황도 아니었다. 다만 몸을 격렬하게 움직이다 보니 우연찮게 섬전귀의 검에 걸쳤다고 보는 게 맞을 것이다.

하지만 섬전귀의 입장에선 화진광이 왼팔을 희생하여 자신의 검을 봉쇄하는 것이라 여겼고 서둘러 검을 회수하려고 하였다.

화진광의 눈에 어쩌면 처음이자 마지막이 될 수 있는 기회가 포착된 것 또한 우연이라 할 수 있었다.

"죽어랏!"

화진광의 전력이 담긴 최후의 일격이 섬전귀를 향해 날아들었다.

어차피 이긴다는 생각은 없었다.

앞서 말했듯이 기왕 죽을 바엔 함께 죽는다는 것이 화진광의 목표였다.

절체절명의 순간, 검을 휘감았던 팔을 잘라 버린 섬전귀가 끊어낸 팔을 이용하여 화진광의 이목을 흐트러뜨리고, 찰나의 틈을 이용하여 검을 찍었다.

섬전귀의 검이 화진광의 오른발 발등을 관통하여 땅바닥에 박혔다.

고통을 이기지 못한 화진광의 입이 쩍 벌어졌다.

그렇다고 공격을 포기한 것은 아니었다.

그의 검은 여전히 섬전귀를 노리고 있었다.

"흥!"

차가운 비웃음이 화진광의 귓가를 파고들었다.

방금 전의 반격으로 그는 이미 위기를 벗어난 상태였다.

섬전귀의 몸이 우측으로 돌았다.

화진광의 검이 그를 따라 움직였으나 따라잡지 못했다.

섬전귀의 발이 화진광의 정강이를 걷어찼다.

우득!

왼쪽 다리가 부러지면서 화진광이 그대로 주저앉고 말았다.

엄청난 고통이 밀려들었지만 입으로 흘러나오지 못했다.

섬전귀가 무너지는 화진광의 턱을 무릎으로 올려쳤기 때문이었다.

급격히 떠오르던 화진광의 몸이 발등을 관통한 검에 의해 제동이 걸려 멈칫하더니 그대로 뒤로 넘어갔다.

섬전귀는 그것을 두고 보지 않았다.

목숨을 위협한 대가로 준비한 마지막 공격은 뒤로 넘어가는 화진광의 몸을 잡아 무릎으로 꺾어버리는 것이었다.

정강이가 부러지는 소리와는 차원이 다른 끔찍한 소리와 함께 허리가 완전히 부러진 화진강의 몸이 역으로 완전히 접혀 버렸다.

그나마 다행이라면 허리가 부러져 몸이 꺾이기 전 화진강의 숨이 끊어졌다는 것. 만약 그렇지 않았다면 그는 짧은 시간 동안 극도의 공포감과 인간으로선 겪기 힘든 참혹한 고통 속에서 목숨을 잃었을 것이었다.

정무맹주로서 천하를 호령하던 화진광은 그렇게 허무하게 쓰러지고 말았다.

여덟 자루의 비도가 넷으로 줄고, 몸에 지니고 있던 수많은 암기가 바닥날 즈음 사도연의 반격이 시작되었다.

군자팔검이라는 이름답게 그의 공격은 눈으로 따라잡기 힘들 정도의 빠름도, 화려한 변화도 없는 그저 부드럽고 정적인, 마치 학자들이 건강과 마음의 수양을 위해 익히는 검무처럼 느리기 짝이 없었으나 그랬기에 오히려 더욱 묵직하게 당학운을 압박했다.

극도의 긴장감과 의무감을 지닌 채 싸움에 임하고 있는 당학운은 사도연의 반격에 당혹감을 감추지 못했다.

대체 느리기만 한 동작에 어떤 묘용이 있기에 아무리 몸을 떨쳐도 검의 움직임에서 벗어날 수가 없었고 자신이 날린 비도를 간단히 튕겨내는 것은 물론이고 기회를 노려 시전한 산화무흔수(散花無痕手)의 은밀한 장력마저도 보잘것없는 철검에 모조리 막혀 버렸다.

'상대로 하여금 스스로 무릎을 꿇게 만드는 것이 군자팔검이라더니 과연 명불허전이구나.'

지금껏 살아오면 수많은 고수와 싸움을 했고 비무도 해봤지만 군자팔검처럼 자신을 무력하게 만드는 검법은 단연코 없었다.

'빠르지도 않다. 시선을 혼란케 하는 변화도 없다. 그러나 허실을 간파하기가 정말로 힘들구나. 어디에도 약점이 보이지 않는다. 하지만 아직 끝나지 않았다.'

어차피 열세라는 것은 스스로 인정했다.

지금의 목표는 그저 지닌 바 최대한의 역량을 발휘하여 상대를 쓰러뜨리거나 최소한 이후, 싸움에 끼어들 수 없을 정도까지는 만드는 것이었다.

사도연의 실력을 감안했을 때 상식적으로 불가능한 일이었으나 당학운은 당가를 대표하는 고수였다.

당학운의 품속에는 불가능을 가능하게 할 물건이 있었다.

이가 빠져 더 이상 무기로써의 가치를 잃은 네 자루의 비도를 던져 잠시 시간을 번 당학운이 품에서 뭔가를 꺼내들더니 사도연을 향해 뿌렸다.

당학운의 손을 떠난 물건이 섬전과도 같은 빠름으로 사도연의 얼굴을 노리며 날아갔다.

사도연은 자신의 미간을 향해 일직선으로 날아드는 물체를 느끼곤 본능적으로 검을 끌어당겼다.

땅!

검날에 직격한 물건이 힘없이 땅에 떨어졌다.

사도연이 살펴보니 물건은 어디서든 흔하게 볼 수 있는 철질려였다.

공격이 무위로 돌아갔음에도 당학운은 몇 번이나 철질려를 던졌고 그때마다 사도연의 철검에 막혀 허무하게 튕겨져 나갔다.

"미련을 거두시오."

뭔가 그럴 듯한 공격을 기대했던 사도연은 연이어 날아드는 철질려를 신경질적으로 쳐 내며 소리쳤다.

당학운은 들은 척도 하지 않고 아홉 번째 철질려를 던졌다.

"정말 실망……."

검막을 이용하여 철질려를 아예 가루로 만들어 버리며 화를 내던 사도연의 안색이 확 변했다.

다급히 숨을 멈추고 물러나는 그의 모습을 보며 당학운의 입가에 묘한 웃음이 걸렸다.

'당했다.'

사도연은 먼지로 변해 버린 철질려 속에 뭔가 이질적인 것이 있다는 것을 느꼈고 즉시 숨을 멈추고 물러났다.

그럼에도 폐부를 찌르는 불쾌한 느낌이 있었다.

'독?'

그 짧은 시간에 그토록 강렬한 존재감을 보일 수 있는 것은 오직 독뿐이었다.

"비겁……."

소리를 지르려던 사도연이 입을 다물었다.

사천당가가 암기로 유명한 가문이기는 했지만 사람들이 사천당가를 진정 두려워하는 이유는 바로 독에 있었다.

독을 대비하지 못한 자신이 멍청한 것이지 비겁 따위를 운운할 문제가 아니었다.

사도연은 내력을 이용하여 순식간에 몸을 잠식해 가는 독에 대항했다.

비록 만독불침의 경지는 아닐지라도 사도연 정도의 고수라면 어지간한 독은 몸에 별다른 영향을 주지 못한다.

그러나 당가의 독이었다.

그것도 당가에서 손꼽히는 위치에 있는 당학운이 절체절명의 순간에 사용한 독이었으니 그 지독함이 이루 말을 할 수가 없을 정도였다.

그나마 철질려에 독이 숨어 있다는 것을 재빨리 눈치채고 호흡을 멈췄기에 이 정도지 만약 제대로 흡입을 했다면 제아무리 사도연이라 해도 이미 거품을 물고 쓰러졌을 터였다.

사도연이 당황해하는 만큼 당학운 역시 놀라고 있었다.

방금 그가 마지막에 사용한 철질려는 당가의 십대 암기 중 서열 오 위에 올라 있는 멸천(滅天)으로 겉모양은 일반 철질려와 다르지 않았지만 그 안에 적린오공(赤鱗蜈蚣)과 칠독섬여(七毒蟾蜍)의 독을 배합하여 만들어낸 절독이 들어 있었다.

한 방울만으로 마을 하나를 사지로 만들어 버릴 수 있는 독을 가루로 정제하여 조금의 충격만 받아도 산산조각 나게 만들어진 철질려 안에 숨겨 놓았으니 아무리 눈치가 빨라도 쉽게 피할 방법이 없었다.

특히나 지금처럼 평범한 철질려의 공격이 몇 차례 선행된 이후라면 더욱 그랬다.

그런데 실패했다.

사도연이 약간의 독을 흡입하고 비틀거렸으니 정확히 말해서 완전히 실패한 것은 아니었지만 제대로 성공한 것도 아니었다.

'지금 화우폭을 사용한다면 완전히 끝낼 수 있었을 텐데.'

멸천이 상대의 방심을 이용하여 치명적인 타격을 입히는 것이라면 화우폭은 알고 있어도 막기 힘든 절대의 암기.

문제는 워낙 만들기가 까다롭고 비싼 재료 덕분에 당가에서도 몇 개 남지 않았다는 것이었다.

일전에 사사천교와의 싸움에서 사용한 이후 더 이상 몸에 지니지 못한 화우폭의 존재가 몹시 그리웠다.

어쨌든 천재일우의 기회를 잡은 당학운은 조금도 머뭇거림 없이 공격을 펼쳤다.

몸에 남아 있는 암기 모두를 동원하여 단번에 승부를 보려고 했다.

당가가 자랑하는 극강의 암기술 만천화우(滿天花雨)였다.

물론 만천화우 본연의 것만큼 화려하지 않았고 사용된 암기의 수 또한 극히 일부분에 지나지 않았지만 독에 중독된 사도연에겐 치명적인 공격이 될 수도 있었다.

전신의 내력을 동원하여 몸 안에 침투한 독을 억제하는 데 집중하고 있던 사도연은 노도처럼 밀려드는 당학운의 공격에 피가 나도록 이를 악물고 혼신의 기운을 담아 철검을 회전시켰다.
예의 부드러운 움직임.
하나, 그 안에 담긴 힘은 지금까지 본 적이 없는 강맹한 것이었다.
퍽! 퍽! 퍽!
무수한 암기가 사도연이 주변에 친 검막에 부딪치며 산화했다.
혈독비침같이 잘 보이지 않는 세침은 물론이고 유엽비도와 같은 큰 무기들까지 검막의 막강한 기운에 산산조각이 나며 그 잔해가 사방으로 흩날렸다.
"크윽!"
사도연의 입에서 짧은 신음이 흘러나왔다.
당학운의 공격에 별다른 부상을 당한 것은 아니었으나 그 공격을 막기 위해 무리를 했기 때문인지 애써 억눌러 놓았던 독기가 다시금 기세를 떨쳤다. 토해내는 피에서 악취가 나는 것을 보면 상황이 제법 심각했다.
당학운은 당학운대로 상태가 좋지 않았다.
멸천으로 마지막 기회를 잡고 전신의 모든 힘을 끌어모아 만천화우를 펼쳤다.
그것만으로도 충분히 무리를 한 것이었는데 사도연의 기세는 단순히 공격을 막아내는 것에 그치지 않고 당학운의 몸에 엄청난 충격을 안겼다.

오장육부가 제자리를 이탈하고 기경팔맥 또한 마구 뒤틀렸다.

겨우 서 있기는 해도 한 걸음도 떼지 못할 정도로 몸 상태가 좋지 않았다.

당학운이 몸에 퍼지는 독을 다스리기 위해 필사적으로 노력하는 사도연을 바라보며 안도의 한숨을 내쉬었다.

쓰러뜨릴 수는 없었지만 당장 싸움에는 끼어들지 못할 정도의 부상을 입혔으니 그것으로 충분했다.

'난 최선을 다했다.'

최강의 적에 맞서 원하던 바를 이루었다고 스스로 자위할 때 저 멀리서 웅장한 사자후가 울려 퍼졌다.

서서히 기울어지는 당학운의 입가에 미소가 지어졌다.

* * *

무림이 난데없이 불어닥친 혈풍에 숨죽이고 있을 무렵 황하련의 총단이 있는 삼문협도 긴장감에 휩싸이긴 마찬가지였다.

삼문협으로 들어서는 물길은 물론이고 인근 지역에 황하련의 식솔들이 쫙 깔린 상태였고 흩어져 있는 정보원들로부터 엄청난 양의 정보가 쏟아져 들어왔다.

"아직 연락이 없느냐?"

근래 들어 서서히 은퇴를 준비하다가 다시 전면에 나서게 된 백규가 다소 피곤한 얼굴로 물었다.

백곤이 얼른 대답했다.

"예. 화산파와 당가, 팽가와 함께 움직이기로 결정했다는 전갈 이후엔 별다른 소식이 없습니다."

"함께 움직이기로 한 것은 탁월한 결정이었다. 단독으로 움직이는 것보다 안심은 된다만 그래도 걱정이구나. 상대가 워낙 무지막지한 놈들이라서."

천하에 그 어떤 세력이 있어 정무맹과 개방, 팽가를 날려 버리고 소림마저 봉문을 시킬 수 있을 것인가.

그것도 단 하루 만에.

혈사림은 물론이고 정무맹의 숙적이라 할 수 있는 마황성도 절대로 불가능한 일이었다.

장군가는 그런 불가능한 일을 보란 듯이 해낸 것이다.

"개파대전? 천룡쟁투? 빌어먹을 천무장, 아니, 장군가 놈들! 온 무림을 아주 제대로 낚았구나!"

백규가 노한 얼굴로 빈정거렸다.

그는 개파대전을 열었던 천무장이 천추세가로로 또다시 변모했음을 아직 보고 받지 못한 상태였다.

"놈들의 움직임은 어떤가?"

대장로 방각이 물었다.

"소림사를 공격했던 자들은 북상을 시작했습니다."

"놈들의 정체는 정확히 밝혀졌는가?"

백곤이 고개를 흔들었다.

"장군가의 무인이라는 것만 밝혀진 상태입니다."

"용천방 놈들은 어찌하고 있다던가? 근래 들어 세력이 조금 늘어났다고 어깨에 힘을 주고 다니더만 설마하니 장군가의 주구일 줄은 꿈에도 몰랐네. 어찌나 놀랐던지."

이장로 독유가 눈썹을 부르르 떨었다.

"개방을 초토화시킨 용천방은 동쪽으로 이동을 시작했습니다."

"동쪽이라면……."

독유가 고개를 갸웃거리자 방각이 입을 열었다.

"아마도 황보세가를 노리는 것 같군."

"황보세가?"

독유가 깜짝 놀라 되물었다.

"정무맹과 소림, 개방, 팽가가 무너진 지금 장강 이북에서 장군가가 우선적으로 노려야 하는 문파는 몇 되지 않네. 무당과 화산, 종남, 항산파 등이 있지만 지형적 위치로 보아 황보세가가 우선적인 목표가 될 가능성이 높다고 보네."

"저도 대장로님과 같은 생각입니다. 밑에서 올라오는 보고 또한 그럴 가능성이 높다고 판단하는 것 같고요. 문제는 바로 소림사를 공격한 놈들입니다."

좌중을 둘러보는 백곤의 표정이 심각해졌다.

"현재 파악된 놈들의 규모는 대략 삼백 정도입니다. 소림사에서 백여 명의 인원이 목숨을 잃었다는 보고가 올라왔으니 최초 인원은 사백 정도로 추정됩니다."

"들으면 들을수록 놀라운 일입니다. 고작 사백으로 소림사를 칠 생각을 한다는 것 자체가 미친 것인데 그것을 정말로 이루어 냈으니까요."

지금도 믿기지 않는지 잔겸이 붉게 상기된 얼굴로 고개를 흔들었다. 다른 사람들 모두 그와 같은 심정이었다.

"거기다 대다수가 이십대의 청년이라 들었네. 아닌가?"

"맞아. 그들을 이끄는 늙은이들이 다수 있었다는 보고가 있지만 어쨌든 주력은 바로 그 애송이들이야. 기함할 일이지."

백곤이 어처구니없다는 표정으로 한숨을 내쉬자 가만히 듣고 있던 백규가 물었다.

"만약 놈들이 우리를 공격한다면 어찌 될 것 같으냐?"

"예?"

"거리가 지척이다. 놈들이 우리를 공격하면 어찌 될 것 같냐고 물었다."

"그, 그게……."

백곤은 쉽게 대답하지 못했다.

백규가 다른 사람들에게 고개를 돌렸다.

"다들 어찌 생각하나?"

독유가 카랑카랑한 목소리로 대답했다.

"소림사가 당한 것은 따지고 보면 기습 공격을 당했기 때문입니다. 제아무리 소림사라 해도 그만한 인원이 전격적으로 기습을 한다면 크게 당황할 수도 있고 실수도 할 수 있는 법이지요. 놈들의 실력을 부정하는 것은 아니나 소림사가 봉문을 하게 된 것은 그들의 방심이 크게 작용했다고 봅니다."

방각이 가만히 고개를 저었다.

"내 생각은 다르네. 기습을 당한 것도 맞고 방심을 한 것도 맞겠지. 그러나 소림사네. 소림사!"

방각의 언성이 다소 높아졌다.

"소림사가 달리 태산북두라 불리는 것이 아니네. 그 엄청난 저력을 누가 부인할 수 있단 말인가. 기습으로, 소림사의 방심으로 인해 처음엔 기선을 제압할 수 있을지도 모르네. 승기를 잡을 수도 있겠지. 하지만 그것이 끝까지 지속될 수 있다고 보는가?"

"하지만 결국 봉문을 하지 않았나?"

독유가 답답하다는 듯 말했다.

"그러니까. 그들은 모두가 불가능하다고 여기는 일을 해낸 것이네. 기습이든 방심이든 어쨌든 자네 말대로 고작 사백에 불과한 인원으로 소림을 무너뜨렸다는 것이야. 그것이 가리키는 의미는 간단하네. 한마디로 강하다는 것이지."

방각의 말에 독유가 굳은 표정으로 입을 다물었다.

"그러니까 놈들과 붙으면 우리도 같은 꼴이 된다고 말하고 싶은 건가?"

백규의 물음에 방각이 고개를 흔들었다.

"그렇지는 않습니다."

"강하다며?"

"우리도 강합니다. 소림사만큼은 아니지만."

"꼭 그렇게 단정 지을 건 없잖아."

백규의 말에 방각이 너털웃음을 지었다.

"사실이니까요. 하지만 소림사는 아무것도 모른 체 공격을 당했지만 우리는 놈들을 알고 있습니다. 알고도 당한다면 바보겠지요. 게다가 각 수채의 병력까지 도착한다면 지려야 질 수 없는 싸움입니다."

자신감 넘치는 방각의 말에 백규가 피식 웃었다.

"말은 잘해. 하여튼 내 생각도 대장로와 같다. 놈들이 강하다는 것은 인정을 해야 한다. 대장로 말대로 소림사를 봉문시켰다는 것은 그만큼 막강한 전력을 지녔다고 봐야 하는 것이니까. 그러나 놈들이 우리를 노리고 온다는 것을 알면서도 당할 정도로 황하련은 약하지 않다. 오히려 철저하게 응징할 수 있는 힘을 지녔다고 자부한다."

"물론입니다."

독유가 특유의 카랑카랑한 음성으로 대답했다.

"각 채주에게 소집령을 띄웠느냐?"

"예. 사흘 이내에 모두 집합할 것입니다."

백곤이 대답했다.

"늦다. 만약 놈들이 우리를 공격하고자 마음먹는다면 거리상 하루면 공격이 시작될 수 있으니 최대한 서두르라고 다시 전서구를 띄우거라. 더불어 놈들의 움직임을 절대 놓쳐서는 안 될 것이다. 놈들이 언제, 어디서, 어떤 행동을 하는지 낱낱이 파악을 하고 있어야 할 터. 만약 놓친다면 우리 또한 소림사의 꼴이 날 수 있음을 알아야 할 것이다."

"명심하겠습니다."

"그리고 장군가로 향했던 아이들과 긴밀한 연락을 취하도록 해라. 여차하면 지원군을 보낼 준비도 하고."

"예. 그리 조치하겠습니다."

백곤이 명을 이행하기 위해 화급히 물러나자 백규가 방각과 독유를 보며 말했다.

"갑작스레 시작된 혼란이라 그런지 다소 정신이 없기는 해도 아주 나쁘지는 않은 것 같네."

"예? 그게 무슨……."

방각과 독유가 의아해하자 백규가 의미심장한 웃음을 보였다.

"그동안 무림은 오직 삼세에 의해서 좌지우지되지 않았나. 하지만 정무맹이 쓰러지며 이미 한 축이 무너졌네. 이런 혼란 속에서 또 다른 힘이 대두가 되는 법이기도 하지. 일단 시작은 장군가가 하였으나 우리라고 못할 것도 없지."

백규의 말에 흠칫 놀란 방각이 애써 표정을 수습하며 말했다.

"무림을 제패하고 싶으신 겁니까?"

"무슨. 그럴 마음도 힘도 없네. 머릿수는 많아도 역부족이야. 다만 이번 혼란이 무림에서 우리 황하련의 지위를 공고히 할 수 있는 기회가 될 수 있다는 것이지."

"옳으신 말씀입니다. 솔직히 그동안 별 시답지 않는 놈들에게까지 무시당한 감이 없지 않습니다."

독유가 냉소를 지으며 고개를 끄덕였다.

"어쨌든 문제는 차후의 일이니까 차차 생각하기로 하세. 줄타기도 잘해야 하는 문제니까. 우선은 눈앞에 닥친 일부터 해결하는 것이 좋겠지. 일단은 그 소림사를 친 놈들의 행보에 집중하자고."

"알겠습니다."

백규의 심중을 알게 된 방각과 독유가 뛰는 가슴을 진정시키며 공손히 머리를 숙였다.

*　　*　　*

거대한 사자후와 함께 운봉산에 모습을 드러낸 유대웅은 난마처럼 얽혀 있는 전장을 보며 나지막한 신음을 내뱉었다.

최대한 서둘러 온다고 해서 왔지만 그럼에도 늦고 말았다.

피아를 확실히 구분할 수가 없었지만 언뜻 보기에도 정무맹의 고전을 하고 있는 듯싶었다.

특히 녹색과 자색을 대칭시킨 무복의 사내들이 뿜어내는 기세는 가히 놀라울 정도였다.

그들이 상대하고 있는 이들이, 처절하게 대항을 했지만 그럼에도 철저하게 무너지고 있는 무인들이 정무맹의 정예들이라는 것을 감안하면 더욱 그랬다.

하지만 유대웅의 눈에 가장 먼저 들어온 사람은 일생일대의 강적을 맞아 혼신의 힘을 다해 싸우고 마침내 힘없이 쓰러지는 당학운의 모습이었다.

"어르신!"

유대웅이 쓰러진 당학운의 몸을 안아들었다.

당학운은 이미 정신을 잃은 상태였다.

당학운의 명문혈에 다급히 진기를 불어넣어 보았지만 별다른 차도가 없었다.

당학운을 품에 안은 채로 주변을 살폈다.

그가 기억하기로 정무맹의 무인들이 움직이는 곳엔 반드시 활인당의 의원들도 함께했다. 하물며 정무맹주가 있는 곳에 활인당의 의원이 없을 수가 없었다.

전장 한구석에서 두려움에 떨고 있는 활인당 의원들의 모습이 보였다.

몇몇은 두려움을 이겨내고 부상에 신음하는 이들을 치료하기 위해 애를 썼으나 대다수는 서로를 부둥켜안고 눈물 콧물을 쏟아내며 어쩔 줄을 몰라 했다.

활인당의 의원을 찾은 유대웅은 지체없이 몸을 날렸다.

움직이는 도중 그를 막기 위해 덤벼드는 자들도 있었지만 초천검의 무시무시한 일격에 비명조차 지르지 못하고 숨이 끊어졌다.

활인당의 의원들은 갑작스런 유대웅의 등장에 잔뜩 긴장을 했다. 다행이도 그들은 유대웅의 큰 덩치를 기억하고 있었다. 그리고 그가 얼마나 강한 인물인지까지도.

정무맹에서 폭풍의 핵으로 등장한 이후, 천룡쟁투의 우승까지 이룩한 화산파 신성의 등장에 활인당의 의원들은 저마다 조금은 안심하는 눈빛이었다.

"이분의 상세를 살펴주시오."

"이, 이분은 당학운 호법님이 아니십니까?"

성수의가 출신으로 평소 당학운과 안면이 있던 한 의원이 기겁하며 소리쳤다.

"맞습니다. 당학운 어르신입니다. 위급한 상황입니다."

유대웅의 말이 끝나기도 전에 뒤쪽에서 다급한 음성이 들려왔다.

"지금 누구라고?"

유대웅의 고개가 돌아갔다.

온몸을 피로 물들이고 있는 노인이 놀란 눈으로 바라보고 있었다.

"어르신!"

노인이 장로 송유임을 확인한 유대웅이 반색을 했다.

성수의가에서도 손꼽히는 의술을 지닌 송유라면 당학운을 충분히 치료할 수 있으리라.

"어찌 이 지경이 된 것인가?"

송유가 빠른 손놀림으로 당학운의 부상을 살피며 물었다.

"정확히는 모르지만 철검서생을 상대하신 것 같았습니다."

유대웅은 자신이 의식을 잃은 당학운을 부축할 때 힘겹게 독과 싸우고 있던 철검서생과 그를 보호하기 위해 달려오던 천추세가의 무인들을 떠올렸다.

"하필이면 그런……."

송유의 얼굴이 확 찌푸려졌다.

당학운의 실력을 모르는 바는 아니었으나 상대가 너무 좋지 않았다.

"하긴, 그가 아니면 누가 철검서생과 맞서 싸울 수 있을까."

어딘지 모르게 처량하기까지 한 음성이었다.

"괜찮으시겠습니까?"

"모르겠네. 부상이 너무 심해. 몸에 난 상처도 심각하지만 내부는 더욱 심각해. 오장육부는 물론이고 기경팔맥이 모조리 뒤틀렸네. 일단 급히 조치는 취해 보겠지만 아무래도……."

유대웅이 송유의 말을 끊었다.

"아시잖습니까? 어르신은 이런 곳에서 돌아가시면 안 됩니다. 반드시 살리셔야 합니다."

"왜 모르겠나. 노부만큼 이 친구를 살리고 싶은 사람도 없을 것이야."

"어르신만 믿겠습니다."

유대웅이 벌떡 일어났다.

전장의 상황이 좋지 않기에 언제까지 당학운의 곁에 머무를 수가 없었다.

때마침 당가와 팽가, 황하련의 병력도 전장에 도착했다.

유대웅은 곧바로 천추삼대를 향해 달려갔다.

지금 운봉산에 모인 천추세가 병력의 핵심은 천추삼대였다.

정무맹의 최정예를 상대하면서도 손실은 이백 중 고작 사십여 명. 그들과 상대했던 병력의 수가 천추삼대와 대등했다는 것을 감안하면 엄청난 힘이 아닐 수 없었다.

"네가 바로 화산파의 청풍이로군."

내백호가 유대웅을 보며 소리쳤다.

"너는 누구냐?"

"천추단 천추삼대 대주 내백호라고 한다."

"천추단이라……."

천추라는 말이 어딘지 모르게 거슬렸다. 그리고 일단 우두머리를 쳐야 한다는 생각에 초천검을 고쳐 잡았다.

유대웅의 기세가 일변하자 내백호가 얼른 물러났다.

마음 같아선 천룡쟁투의 우승자와 멋들어지게 싸워 보고 싶었지만 그것이 무리라는 것은 스스로 잘 알고 있었다.

중요한 것은 무인으로서의 호승심이 아니라 친구요, 수하인 대원들의 피해를 최소한으로 하여 승리를 거두는 것이었다.

괜한 호승심을 부리다 목숨을 잃거나 크게 다친다면 그 피해는 고스란히 천추삼대가 지게 될 터. 천추삼대의 대주로서 있을 수 없는 일이었다.

"어디 실력을 볼까."

그 말을 신호로 유대웅을 중심으로 하여 이미 완벽한 포위망을 구축하고 있던 천추삼대의 공격이 쏟아지기 시작했다.

유대웅은 사방에서 밀려오는 공격을 보면서 피하지 않았다.

처음부터 확실하게 우위를 점해놔야 앞으로의 싸움이 편하다는 생각에 정면으로 맞섰다.

"크헉!"

유대웅에게 달려들던 대원 셋이 그대로 고꾸라졌다.

우측에서 덤벼들던 자들의 허리를 양단해 버린 유대웅이 그들의 시신을 넘으며 포위망에서 빠져나가려 했다.

다수와의 싸움에서 가장 주의해야 할 것은 그들이 만든 포위망에 갇히지 않아야 하는 것이었다.

아무리 뛰어난 무공을 지닌 사람이라도 무수한 적이, 그것도 뒷골목 무뢰배가 아니라 천추삼대처럼 개개인이 뛰어난 고수들이 만든 포위망에 갇히게 되면 제대로 힘을 써보지도 못하고 목숨을 잃는 경우가 대부분이었다.

본능적으로 위험함을 느낀 유대웅은 포위망을 빠져나가려고 애를 썼다.

그러나 천추삼대는 그리 만만한 자들이 아니었다.

내백호의 일사불란한 지휘까지 더해지면서 포위망은 점점 더 강하게 유대웅을 압박했다.

'확실히 강한 놈들이군. 정무맹의 정예들이 어째서 그리 당했는지 이해가 가.'

유대웅은 쓰러지는 동료들의 시신을 밟으며 뚫린 포위망을 다시 채우는 천추삼대 대원들의 냉정함에 혀를 내둘렀다.

반각도 되지 않아 십여 명이 목숨을 잃었음에도 그들에게선 그 어떤 동요도 느껴지지 않았다. 오히려 차근차근 자신의 숨통을 옥죄오는 천추삼대의 저력에 숨이 막힐 지경이었다.

조금씩 위기를 느끼는 유대웅과 마찬가지로 내백호 또한 답답하기는 마찬가지였다.

'소문이 다소 과장이 있다고 여겼건만 오히려 부족할 정도잖아. 정말로 강하다. 이런 강함은 지금껏 가주님을 제외하곤 단연코 처음이다. 어찌 저 나이에 이토록 강할 수 있단 말인가!'

유대웅을 공격했던 또 한 명의 수하가 힘없이 무너지는 것을 보는 내백호의 얼굴이 딱딱하게 굳었다.

부대주 유효(劉曉)가 심각한 얼굴로 다가왔다.

"피해가 너무 커, 대주. 이러다간 이겨도 이긴 게 아니겠어."

"어쩔 수 없잖아. 피할 수도 없는 노릇이고."

"차라리 어르신들께 도움을 청하는 것이 어때?"

유효의 시선이 미친 듯이 날뛰는 파옥권 개욱과 섬전귀 등에게 향했다.

내백호가 고개를 저었다.

"그럴 수야 없지. 천추단의 명예가 걸린 일이야."

도움을 청하자는 유효의 의견을 묵살하긴 했지만 좋은 방법이 있는 것도 아니었다.

유효의 말대로 빨리 승부를 보지 못하면 얼마나 많은 피해를 볼지 알 수가 없었다.

어쩌면 아무런 성과도 얻지 못하고 처참히 패배를 당할 수도 있었다.

힘차게 고개를 흔든 내백호가 차갑게 가라앉은 눈빛으로 유대웅의 움직임을, 허점을 살폈다.

"으아악!"

초천검이 움직일 때마다 찢어지는 듯한 비명 소리가 전장을 뒤흔들었다.

유대웅이 지금 사용하는 검법은 패왕칠검이었다.

화산파의 제자로서 당연히 화산파의 무공을 사용해야 했지만 지금 같은 상황에서 눈치를 볼 이유는 없었다. 그리고 이미 원래의 신분이 많은 사람에게 노출된 이상 모든 이에게 정체가 드러나는 것은 시간 문제였다.

패왕칠검은 단순히 강맹함을 넘어 어쩌면 무림에서 첫손에 꼽힐 정도로 패도적인 검법이었다. 게다가 유대웅의 무지막지한 내력을 바탕으로 펼쳐지는 것이라 그 위력이 한층 배가 되었다.

하지만 무엇보다 천추삼대 대원들을 힘들게 만든 것은 초천검의 무지막지한 힘이었다.

대부분의 무기가 한두 번의 충돌에서 반 토막이 나거나 모래알처럼 부서져 버렸고 그나마 몇 번을 버텼다고 해도 날이 뭉개져 더 이상 무기라고도 할 수 없을 지경에 이르렀다.

또한 초천검을 통해 뿜어진 힘은 무기를 박살 내는 것에 만족하지 않고 상대의 몸에 심각한 내상까지 안기니 부딪치면 부딪칠수록 피해만 늘어났다.

천추삼대도 무작정 당하고 있지만은 않았다.

동료들의 주검을 방패로 삼아 유대웅에게 접근을 시도했고 자신이 하지 못하면 어떻게든 동료가 공격에 성공할 수 있도록 아낌없이 목숨을 버렸다.

특히 동귀어진 수법으로 유대웅을 당황시키는 자들이 속

속 등장하기 시작했는데 죽음을 도외시하고 무작정 덤벼드는 그 기세는 뭐라 말로 표현할 수 없을 정도로 살벌했다.

공격이 실패로 인해 목이 날아가고 사지가 절단 나는 것은 예사였고 그런 상황이 오기 전 아예 자신의 몸을 폭사시켜 공격하는 자들이 부지기수였다.

그들의 희생 덕분에 유대웅의 전신에서도 상처가 늘기 시작했다. 더불어 천추삼대를 그토록 괴롭혔던 초천검의 위력도 조금씩 감소되고 있었다.

초천검에선 여전히 강맹한 기운이 뿜어져 나오곤 있었지만 분명 그 강도가 처음보다는 약해진 것은 분명했다.

숨 돌릴 틈도 없이 몰아치는 적의 공세에 유대웅도 상당히 지친 상태였다.

특히 허벅지에 다소 깊은 상처를 당한 것이 치명적이었다.

다리에 부상을 당한 이상 움직임에 지장을 가져올 것이고 지금처럼 포위된 상태에서 기동성의 약화는 그야말로 최악의 상황을 야기할 수 있었다.

우려는 곧바로 현실이 되어 나타났다.

"크윽!"

유대웅의 입에서 짧은 신음이 터져 나왔다.

유대웅을 공격했던 자는 초천검에 의해 양단이 되었지만 그가 마지막까지 쥐고 있던 검은 유대웅의 옆구리를 깊숙이 파고든 상태였다.

재빨리 검을 뽑은 유대웅이 지혈을 하는 것과 동시에 상처 부위를 옷으로 대충 틀어막았다.

유대웅의 부상을 확인한 내백호의 눈에서 기광이 번뜩였다.

난공불락(難攻不落)의 성을 무너뜨릴 결정적인 허점을 본 듯한 느낌마저 들었다.

마침내 기회가 온 것이다.

지금껏 기회를 엿보며 인내하고 있던 내백호가 본격적으로 나서기 시작했다.

"놈도 지쳤다. 여유를 주지 말고 공격하랏!"

굳이 내백호의 명이 아니더라도 천추삼대 대원들은 본능적으로 기회가 찾아왔음을 느끼고 있었다.

그런 기회는 결코 놓쳐선 안 된다는 것을 오랜 훈련을 통해 각인하고 있는 터. 많은 피해로 인해 다소 주춤거렸던 공세가 다시 시작됐다.

유대웅은 가쁘게 숨을 몰아쉬며 주변을 둘러보았다.

천추삼대와 싸움이 시작된 지 어느새 이각이란 시간이 흘렀다.

대략 오십에 가까운 인원을 쓰러뜨렸음에도 여전히 백여 명이 넘는 적이 살기를 뿜으며 달려들고 있었다.

상당한 피로감이 밀려왔다.

싸워볼 여력은 충분했지만 결국 부상에 발목이 잡혔다.

응급조치를 취하긴 했어도 옆구리의 상처가 제법 심했고 허벅지에 입은 부상은 운신의 폭을 좁게 만들었다.

'일단 피해야 한다.'

유대웅이 초천검을 고쳐 잡았다.

패왕칠검 중 가장 막강한 위력을 자랑하나 워낙 많은 내력을 소모시키기에 지금껏 사용하지 않던 노룡붕천의 기수식이었다.

유대웅은 다소 무리를 해서라도 천추삼대의 포위망을 단숨에 뚫어 버릴 생각을 한 것이다.

유대웅을 중심으로 거대한 바람이 일렁이기 시작했다.

들고 있는 초천검에서 눈이 무실 정도로 청명한 검광이 뿜어져 나왔다.

우우우웅.

유대웅이 일으킨 기운에 천지가 함께 공명을 하는 듯 웅장한 소리가 울려 퍼졌다.

"저, 저건!"

내백호의 입에서 경악에 찬 음성이 터져 나왔다.

그는 초천검 위로 삼 장 가까이 치솟은 검광이 무엇을 의미하는지 너무도 잘 알고 있었다.

"거, 검강이다!"

"피해랏!"

그러나 늦은 감이 있었다.

치미는 울혈을 억지로 삼킨 유대웅이 흩어지는 천추삼대를 향해 초천검을 휘둘렀다.

앞을 가로막는 모든 것은 단 하나도 남기지 않고 모조리 부숴 버리겠다는 듯 초천검에서 뿜어져 나온 검강이 주변을 완전히 초토화시키기 시작했다.

천추삼대 대원들은 감히 대항할 엄두를 내지 못했다.

그야말로 풍전등화(風前燈火)의 위기.

바로 그때였다.

천추삼대와 유대웅 사이로 누군가 뛰어들었다.

워낙 다급한 상황인지라 그가 누군지, 어째서 갑자기 뛰어든 것인지 의식하는 사람은 아무도 없었다.

오직 한 사람, 유대웅을 제외하고는.

조금 전부터 유대웅은 누군가 자신을 살피고 있다는 느낌을 받았다.

느껴지는 기운이 적인지 아군인지 너무도 모호했기에 애써 신경을 끊었는데 바로 지금, 포위망을 뚫어내기 바로 직전에 모습을 드러낸 것이다.

'적이었군.'

유대웅의 얼굴에 긴장감이 흘렀다.

적이 아니라면 나타날 이유가 없었을 것이고 노룡붕천의 힘을 보고도 나섰다는 것은 그것을 막을 자신이 있다는 것. 어쩌면 최악의 상황에 직면할 수도 있었다.

그리고 유대웅의 예상은 정확하게 들어맞았다.

언제 그랬냐는 듯 사위를 휩쓸던 거대한 충격파가 가라앉고 휘몰아치던 광풍도 잦아들었다.

처음 유대웅이 보여줬던 기세라면 그를 중심으로 적어도 십여 장은 초토화가 되었어야 했으나 생각만큼 피해가 크지 않았다.

절체절명의 위기에 빠졌던 내백호 등이 이를 이상하게 여길 때 그들을 바라보며 미소 짓는 한 사내가 있었다.

"괜찮으냐?"

충돌의 여파로 어깨에 내려앉은 먼지를 툭툭 터는 중년인은 다름 아닌 천추세가의 가주 한호였다.

"가, 가주님!"

내백호가 경악한 얼굴로 바라보았다.

"가주님께서 어떻게 여기를……."

"대업을 위해 다들 열심인데 명색이 우두머리인 내가 방구석에서 빈둥거릴 수는 없지 않느냐?"

"하, 하지만……."

"사실은 누군가를 만나고 싶어서 움직인 것이다."

내백호의 몸이 움찔했다.

그 누군가 유대웅임은 굳이 확인할 필요도 없었다.

'하긴 저자라면 가주께서 흥미를 보이실 만도 하지.'

유대웅의 실력을 지긋지긋하게 겪어본 봐 충분히 이해가 갔다.

"서둔다고 서둘렀는데 그래도 너무 늦었구나."

한호는 주변에 널브러진 천추삼대 대원들의 주검을 살피며 한숨을 내쉬었다.

언뜻 보아도 쓰러진 인원이 오십이 넘었다. 게다가 마지막 공격을 자신이 막지 않았다면 피해는 훨씬 더 커졌을 것이다.

천추단의 실력을 누구보다 잘 알고 있는 한호는 유대웅의 실력이 자신이 생각한 것보다 더욱 강할지도 모른다고 생각했다.

"아닙니다, 가주님. 못난 꼴을 보여드려서 죄송합니다."

내백호는 붉어진 얼굴로 고개를 숙였다. 그를 따라 모든 대원들이 고개를 숙였다.

"아니다. 상대가 그만큼 강했음이야. 그는 정말 대단한 고수다. 이만큼이나 버틴 것도 대단한 일이다."

내백호가 고개를 번쩍 들었다.

언제가 화산검선과의 비무를 마치고 귀환했을 때 잔뜩 상기된 얼굴로 '천하제일은 과연 천하제일인이었다' 라고 웃음을 터뜨린 이후, 이처럼 상대를 칭찬했던 적이 단 한 번도 없음을 떠올렸다.

"그 정도로 강한 자입니까?"

"네가 직접 겪어보지 않았더냐? 무림십강이라는 말은 그의 등장으로 이미 그 의미를 잃었다."

"예?"

유대웅이 무림에서 신성불가침적인 존재로 인정되는 무림십강의 위치를 뒤흔들 정도라는 말에 내백호는 두 눈을 부릅떴다.

"하지만 아쉽구나. 그와의 만남을 꽤나 고대했건만 이런 상황에서 만나게 되다니 말이다."

한호가 깊은 한숨을 내쉬며 고개를 돌렸다.

"한호라 하네. 내가 바로 천추세가의 가주지."

"청……."

잠깐 멈칫한 유대웅이 한호의 얼굴을 가만히 바라보았다.

그에겐 어찌 된 일인지 가면을 쓰고 싶지 않았다.

"유대웅이라고 합니다."

"유대… 웅?"

청풍이 아닌 엉뚱한 이름에 고개를 갸웃거리던 한호가 뭔가를 떠올린 것인지 두 눈을 치켜떴다.

깜짝 놀라는 한호의 얼굴을 보며 유대웅의 입가에 희미한 웃음이 떠올랐다.

"제가 바로 장강수로맹의 맹주입니다."

第三十一章
드러난 정체

"허허! 이것 참. 재밌는 일이로구나. 화산검선의 제자가 장강수로맹의 맹주라니."

엽소척의 너털웃음에 군림각에 모인 마황성의 수뇌들 또한 저마다 놀람과 감탄 어린 반응을 보였지만 단 한 사람, 마월영의 수장 천리요안만큼은 그럴 수가 없었다.

마황성의 정보를 총괄하는 사람으로서 그런 중요한 사실을 몰랐다는 것은 분명히 실수였다.

특히 장강수로맹이 급격히 세력을 확장한 이후, 맹주인 유대웅에 대한 철저한 조사가 있었음에도 이를 놓쳤다는 것은 마월영의 수뇌로서 책임을 통감해야 할 문제였다.

엽소척도 그냥 넘어가지 않았다.

“어떻게 생각하느냐? 참으로 놀라운 일이 아니더냐?”

“죄, 죄송합니다.”

천리요안이 납작 엎드렸다.

“죄송하다? 뭐가 죄송하다는 것이냐?”

엽소척이 입가에 웃음을 지으며 물었다.

그 웃음에 천리요안의 얼굴이 하얗게 질렸다.

“그, 그것이…….”

“물론 이해는 한다. 화산검선의 제자와 장강수로맹의 맹주가 동일인이라는 것을 누가 생각이나 했을까? 듣고도 이해가 가지 않을 정도니 말이다. 그러나 그런 것을 해내라고 마월영이라는 조직이 있는 것이고 해마다 막대한 인력과 비용을 투자하는 것이야. 단순히 네놈 배만 불리라고 있는 것이 아니란 말이지.”

“주, 죽여주십시오.”

바닥에 납작 엎드려 머리를 조아리는 천리요안의 모습은 안쓰럽기 그지없었으나 그런 천리요안을 보는 수뇌들의 얼굴은 어딘지 모르게 웃음기가 묻어 있었다.

오늘은 다소 심각하기는 하나 지금과 같은 상황은 사안의 경중을 떠나 군림각에서 회의가 벌어지는 날이면 거의 빠짐

없이 볼 수 있는 광경이기 때문이었다.

"진정하시지요, 마존. 천리요안이 비록 큰 실수를 했지만 화산검선의 제자가 장강수로맹의 맹주라는 사실은 정무맹의 투밀원이나 개방에서도 알아채지 못한 사안입니다. 뭐, 혈사림 따위는 운운할 것도 없고요. 바로 옆에서 지켜보는 정무맹에서도 눈치채지 못할 정도로 은밀하게 행해진 일을 마월영의 요원들이 알아내는 것은 무리였을 것입니다."

대장로 공벽이 천리요안을 두둔하고 나섰다.

"그렇긴 하지만 그런 것을 해낼 수 있어야 투밀원이나 개방의 정보력을 뛰어넘을 것 아냐. 아, 이젠 그럴 필요도 없는 건가?"

엽소척이 정무맹과 개방이 천추세가에 의해 철저하게 괴멸되었음을 상기하며 말했다.

"이번 일을 거울삼아 더욱 노력할 것입니다."

"노력은 개뿔."

엽소척이 가소롭다는 웃음을 흘리며 고개를 돌렸다.

그런 엽소척의 반응에 일단 화를 면했다고 판단한 천리요안이 안도의 한숨을 내쉬었다.

"그나저나 대공자의 행동은 이대로 묵인하실 생각이신지요?"

"적우? 적우가 어때서?"

"천추세가는 아직 우리에게 적대적인 모습을 보이지 않았습니다. 대공자가 저들과 마찰이라도 일으키면 큰 문제가 야기될 것입니다."

공벽이 다소 걱정된다는 어투로 말을 하자 엽소척이 코웃음을 쳤다.

"쯧쯧, 대장로도 이제 늙은 건가?"

"예?"

"뭐가 걱정인데?"

"그, 그게……."

"그놈들이 우리를 건드리지 않는 것은 우리가 두려워서가 아니라 지금 당장 건드리면 골치가 아프니까 그런 것이지. 정무맹에 대한 정리가 끝나면 놈들의 칼끝이 어디로 향할 것 같아? 당연히 우리야. 아, 혈사림이 저 꼴이 된 것을 보면 혈사림을 먼저 치겠지만 최종적인 목표는 마황성이라고. 명색이 무림제패를 노리는 놈들이 우리와 공존할 생각은 아예 하지 않을 테니까."

"……."

"기왕 벌어질 싸움이라면 조금 빨리 벌어지는 것도 괜찮아. 솔직히 천추세가의 힘이 이 정도일 줄은 몰랐네. 나 원. 정무맹과 소림, 개방까지 순식간에 떨어질 줄이야. 우리도 못 해낸 일을 놈들은 단 하루 만에 해냈단 말이지."

"그렇습니다. 인정할 것은 인정해야지요."

십이장로 중 생각이 깊기로 유명한 여불상(呂佛像)이 매부리코를 어루만지며 말을 이었다.

"차라리 붙으려면 지금 붙는 것이 낫습니다. 마월영을 통해 확인된 놈들의 전력을 감안해 봤을 때 지금 당장 부딪쳐도 승부를 알 수가 없습니다. 그런데 놈들이 장강이북을 완전히 장악한 이후라면 그 힘이 지금보다 훨씬 더 커질 것은 자명합니다. 솔직히 감당할 수 없습니다."

"뭔 헛소리야! 우리가 놈들에게 진다는 말이야?"

곤패가 버럭 화를 내며 물었다.

여불상은 눈 하나 깜짝이지 않고 대답했다.

"진다고 보네."

"뭐야?"

"현실을 직시해. 사사천교와의 싸움에 다소 힘이 약해졌고 놈들이 개파대전과 천룡쟁투를 미끼로 전력을 분산시킨 것도 사실이지만 단 하루 만에 정무맹과 개방, 소림사, 하북팽가가 절단이 났어. 지금 이 순간에도 얼마나 많은 문파가 당하고 있는지 알 수가 없고. 게다가 개파대전에 참석했던 자들까지 매복에 걸려 몰살을 당하고 있는 상황이네. 맞지?"

"예. 그렇습니다."

천리요안이 얼른 대답했다.

"역으로 생각해 보면 우리 마황성이 정무맹을, 아니, 장강 이북의 모든 문파를 상대로 저 정도까지 밀어붙일 수 있을까? 어림없다고 보네."

"기습이라면……."

"기습도 실력일세. 승리를 이끄는 한 방법이기도 하고."

차분한 설명으로 곤패의 입을 다물게 한 여불상이 엽소척에게 말했다.

"차라리 잘되었다고 봅니다. 사실 정무맹 등에서 우리에게 도움을 청할 것도 아니고 우리 역시 먼저 나서서 도움을 주겠다고 하는 것도 어려운 일입니다. 대공자를 통해 천추세가에 우리가 개입할 여지를 만들어야 합니다. 장강이북이 놈들에게 완전히 떨어진 다음엔 늦습니다."

여전히 불만 어린 표정의 곤패와는 달리 공벽은 여불상의 의견에 상당히 공감하는 표정이었다.

"여 장로의 말에 일리가 있는 것 같습니다."

"다들 어때?"

엽소척이 군림각에 모인 이들에게 물었다.

조심스런 의견이 있기는 했지만 대다수는 여불상의 의견에 동조를 했다.

"대충 의견은 모인 것 같군. 본좌 역시 놈들의 처분을 기다릴 생각은 없었다. 요안."

"예. 마존."

"적우에게 전해라. 적극적으로 개입하라고."

"존명."

천리요안에게 명을 내린 후, 엽소척이 천천히 자리에서 일어났다.

"이번 기회에 누가 진정한 천하의 주인인지 보여주도록 하자. 모두 만반의 준비를 하도록!"

"명을 받듭니다."

일제히 일어난 마황성의 수뇌들이 군림각이 떠나가라 대답했다.

하지만 그들은 몰랐다.

천추세가의 마수는 혈사림에만 뻗친 것이 아니라 이미 마황성에도 은밀히 움직이고 있다는 것을.

그것도 그들이 전혀 상상하지 못하는 곳에서.

*　　*　　*

"놀랍군. 화산검선의 제자가 장강수로맹의 맹주라니. 그랬어. 그랬기에 그 짧은 시간에……."

한호는 여전히 믿기지 않는다는 얼굴로 유대웅을 훑어보았다.

"이제야 이해가 가는군. 해사방은 둘째치고 낙성검문이 그렇게 쉽게 당할 곳이 아니었는데 말이야."

"역시 장군가, 아니, 천추세가의 짓이었습니까?"

유대웅이 눈을 번뜩이며 물었다.

"그럼 셈이지. 장강은 그만큼 중요한 곳이니까. 참고로 말하자면 낙성검문은 나의 처가라네."

유대웅은 낙성검문을 철저하게 박살 낸 사람이 바로 앞에 있음에도 처가라는 말에 별다른 감정이 실리지 않은 것을 조금 이상하게 생각했다.

"그나저나 사부께서 아시면 난리가 나겠군. 장강수로맹의 맹주가 본가를 방문한 것도 몰랐으니 말이야. 쯧쯧, 모진만 불쌍하게 되었어."

소숙의 성격상 유대웅의 정체를 간파하지 못한 취운각주 모진을 그냥 두지 않을 것이 뻔했다. 아마도 꽤나 시달림을 받으리라.

"그나저나 괜찮나? 부상이 제법 심각한 것 같은데 말이야."

한호의 말에 유대웅이 쓰게 웃었다.

"견딜 만합니다."

그렇지 않다는 것은 대답을 하는 유대웅도 질문을 던진 한호도 잘 알고 있었다.

단 한 번의 충돌이었지만 유대웅의 공격을 막아선 한호는 상대의 힘이 얼마나 강한지 제대로 확인했다.

검을 타고 전해지는 막강한 힘에 지금도 손끝이 찌릿찌릿 저려 왔고 진탕된 내부가 이제 겨우 진정될 정도였다.

상대도 그만한 대가를 치렀다.

이미 상당한 부상을 당한 유대웅에겐 한호와의 충돌은 독약과도 같았다. 견디기 힘들 만큼 치명적인 부상을 안겼다.

초천검에 의지해 간신히 몸을 지탱하고 있었지만 극심한 내상에 정신이 혼미해질 정도였고 충격으로 상처가 벌어진 옆구리에서 붉은 피가 줄줄 흘러나왔다.

"그런데 궁금한 것이 하나 있네."

"말씀하십시오."

"일전에 자네의 사부님과 대결을 벌인 적이 있었지."

"알고 있습니다."

"정말 대단하신 분이었다네. 더불어 나의 자만심이 산산조각이 나던 순간이기도 했었고. 정말 혼신의 힘을 다했지만 넘을 수 없었던 벽을 마주한 느낌이라고나 할까."

한호의 말에 유대웅은 다시금 사부의 위대함에 머리를 숙였다.

"당시 화산검선께선 화산파의 정수를 내게 보여주셨네. 자하검법. 다시 상대한다 해도 과연 꺾을 수 있을지 의문이 들 정도로 강한 무공이었네."

"화산파 최고의 무공이지요. 역대로 대성하신 분은 오직 사부님뿐인 것으로 압니다."

"과연 그렇군. 어쨌든 바로 그 자하검법을 비롯하여 화산파의 수많은 무공을 견식할 수 있었네. 무림엔 별 볼 일 없는 것처럼 알려졌던 무공들도 화산검선의 손에선 절세의 무공으로 바뀌는 광경도 보게 되었지."

당시를 떠올리는 것인지 한호의 얼굴이 살짝 상기되었다.

"그런데 말이야. 자네가 이 아이들을 상대하던 무공은 내가 알고 있는 화산검법이 아니었네. 이상하지 않은가? 화산검선의 제자가 화산파의 무공을 사용하지 않다니. 더구나!"

한호의 음성이 착 가라앉았다.

"자네의 무공이 내게는 어딘가 몹시 익숙한 무공이란 말이지. 마치 오랫동안 인연이 있었던 것 같은 느낌도 들고. 그것이 좋은 쪽이든 나쁜 쪽이든 말일세. 아닌가?"

패왕가와 장군가의 악연에 대해 알고 있기에 유대웅은 망설일 수밖에 없었다. 그러나 이상하게도 한호에게만은 사실을 얘기해야만 할 것 같았다.

"제가 사용한 것은 화산파의 무공이 아닙니다."

그럴 줄 알았다는 듯 한호가 크게 고개를 끄덕였다.

"역시. 내 생각이 맞았군. 어떤 무공인지 물어도 되겠는가?

대체 어떤 무공이기에 화산검선의 제자가 화산파의 무공이 아닌 다른 무공을 사용하는지 궁금하군. 더불어 그런 위력을 지닐 수 있는지까지도."

살짝 머뭇거리던 유대웅이 마음을 굳혔는지 곧바로 대답을 했다.

"패왕칠검이라 합니다."

"패왕… 칠검이라."

패왕이라는 말에 한호의 표정이 살짝 굳었다.

유대웅이 설명을 덧붙였다.

"누군가는 그러더군요. 제가 얻은 무공의 진짜 이름은 패왕칠검이 아니라 뇌룡검법이라고요."

한호의 눈이 화등잔만 해졌다.

"지, 지금 뇌룡검법이라 했나?"

"그렇습니다."

"뇌룡검법이라면 패왕가의… 그렇군. 그랬기에 패왕칠검이란 명칭이 붙은 것이야!"

한호가 놀라움을 감추지 못하고 손뼉을 쳤다.

"맞습니다."

"그러면 자네는 패왕가의 사람인가?"

"아닙니다."

"그런가? 하긴 뇌룡검법이 아니라 패왕칠검이라 명명하는 것을 보면 그런 것 같기도 하군. 아무튼 놀라운 일이네. 오래 전에 뇌룡검법의 상당 부분이 소실된 것으로 아는데 그렇다면 결국 자네가 얻은 무공이 완전한 뇌룡검법이란 말 아닌가?"

"맞습니다. 운이 좋았지요."

"운이라……."

가만히 읊조리던 한호는 문득 유대웅이 들고 있는 거대한 검에 시선을 빼앗겼다.

"혹, 초… 천검인가?"

"그렇습니다."

"허! 전설로만 내려오던 검까지 보게 될 줄이야. 패왕의 진정한 후예는 패왕가가 아니라 바로 자네로군."

한호의 탄성에 유대웅은 그저 쓴웃음만을 지어 보였다.

그런 유대웅을 보며 한호는 다시 한 번 안타까움을 느껴야 했다.

부상으로 신음하고 있는 것이 아니라 정상적인 상태의 유대웅과, 그것도 패왕의 무공을 제대로 이어받은 그와 멋진 대결을 펼치고 싶은 마음이 굴뚝같았지만 이미 그럴 수가 없었기 때문이었다.

지금의 유대웅의 몸 상태로는 자신의 십초지적도 되지 못한다.

그렇다고 훗날을 기약하자니 유대웅의 존재가 너무 컸다.

화산검선의 제자라는 신분에 더해 장강수로맹의 맹주라면 장차 천추세가의 가장 큰 적이 될 가능성이 다분했다.

개인의 욕심으로 세가에 큰 우환이 될 유대웅을 그대로 보내준다면 세가를 위해 목숨을 바치는 이들에게 무슨 말을 할 것인가.

그럼에도 쉽게 결정을 내리지 못하고 고민에 고민을 거듭하던 찰나, 마치 한호의 고민을 알기라도 하듯 무오 대사가 십팔나한을 이끌고 나타났다.

잿빛 가사를 피로 물들인 무오 대사가 유대웅에게 다가왔다.

"괜찮으신가?"

"그럭저럭 견딜 만합니다."

"물러나시게. 여긴 우리가 맡도록 하지."

"괜찮으시겠습니까?"

유대웅이 걱정스런 표정으로 물었다.

"걱정 말게."

"천추세가의 가주입니다."

순간, 무오 대사의 안색이 눈에 띄게 굳었다.

무오 대사가 한호를 향해 천천히 고개를 돌렸다.

"시주가 천추세가의 가주시오?"

"그렇습니다."

"잘됐구려. 그렇잖아도 본산의 빚을 어찌 갚아야 할지 고민을 했었거늘 가주께서 이렇게 기회를 주는구려."

"본의 아니었으나 기왕 이리되었으니 어디 기회를 잘 살려 보시지요."

쓴웃음을 지은 한호가 양손을 살짝 들썩이며 말했다.

"기대해도 좋을 것이오."

차갑게 외친 무오 대사 뒤로 소림사가 자랑하는 열여덟 명의 나한이 모습을 드러냈다.

치열한 혈전을 펼쳤는지 다들 크고 작은 부상에 붉은 피를 흠뻑 뒤집어썼지만 한 명 한 명의 기세가 예사롭지 않았다.

한호가 십팔나한을 보고는 두 눈을 반짝거렸다.

"언제고 천하제일이라는 십팔나한진(十八羅漢陣)을 견식해 보고 싶었지요."

"실망하지 않을 것이오. 나한당에서도 손꼽히는 제자들이니."

"그런가요? 더욱 기대가 되는군요."

한호의 웃음엔 조금의 가식도 없었다. 말 그대로 정말 기대에 찬 얼굴이었다.

본격적인 싸움이 시작되기 전 한호가 유대웅에게 고개를 돌려 말했다.

"지금 당장 공격은 없을 것이네. 하지만 자네의 정체가 이미 사부에게 전해지고 있을 터. 사부께선 무슨 써서라도 자네를 제거하려 들 것이네."

"……."

"최선을 다해 벗어나게나. 언제고 자네의 사부님과 그랬던 것처럼 제대로 한번 겨뤄보고 싶군."

"이대로 보내주겠단 말입니까?"

유대웅이 믿기지 않는다는 얼굴로 물었다.

그는 눈앞의 상대가 얼마나 강한지 뼈저리게 느끼고 있었다.

정상적인 상태가 아니었다고 해도 최선을 다한 노룡붕천을 정면으로 막아내고 자신에게 치명적인 내상까지 안긴 무위라면 과거 사부 이상의 실력이라 해도 과언은 아니었다.

소림사의 십팔나한진을 무시하는 것은 아니나 한호를 막을 수 있으리라곤 생각할 수가 없었다.

게다가 천추삼대도 백여 명이 넘게 남아 있었고 아직 본격적으로 싸움에 끼어들지는 않고 있지만 한호를 뒤따라온 이들의 기세 또한 예사롭지 않았다. 해서 그들의 손에서 무사히 벗어날 가능성이 없다고 생각하고 있었다.

무사히 보내주겠다는 한호의 말은 전혀 예상치 못한 말이었다.

"저자를 이대로 보내신단 말씀입니까?"

한호와 유대웅의 대화를 듣고 있던 내백호가 깜짝 놀라 물었다.

"그럴 생각이다만."

"하지만 저자는……."

이글거리는 눈빛으로 유대웅을 노려보는 내백호는 차마 입을 열지 못했다.

단신으로 천추삼대 대원 오십을 넘게 베어 넘긴 자.

만약 한호가 막아주지 않았다면 그 피해가 얼마가 되었을지 상상조차 할 수 없었다.

그가 생각하기에 유대웅은 괴물이었다.

감히 입에 담기도 불경스런 말이었지만 가주와 비교해도 좋을 만큼 압도적인 무위를 지닌 자였다.

그랬기에 가주께서 흥미를 가지고 목숨을 살려주시려는 것이겠지만 수하된 입장에서 유대웅과 같은 인물은 기회가 생겼을 때 반드시 제거해서 후환을 없애야 했다.

그럼에도 입을 열지 못한 것은 뛰어난 무공과 무인에 집착하다시피 하는 가주의 성정을 너무도 잘 알고 있기 때문이었다.

"이해한 것으로 알겠다."

내백호의 어깨를 가만히 두드린 한호가 유대웅에게 말했다.

"그럼 건투를 비네. 훗날 보도록 하지."

그 말과 함께 미련 없이 몸을 돌린 한호는 이미 매서운 기운을 뿜어내고 있는 십팔나한진을 향해 걸어갔다.

"어찌 보는가?"

무오 대사가 착 가라앉은 음성으로 물었다.

유대웅이 가만히 고개를 저었다.

"역시. 빈승의 생각도 같네. 십팔나한진이 어떤 힘을 지녔는지 잘 알고 있으나 한계도 분명히 알고 있네. 아마도 힘들 게야."

"그걸 아시면서 어찌……."

"본산을 그리 만든 원흉을 눈앞에 두고 그대로 물러날 수는 없지 않은가? 되든 안 되든 시도는 해봐야지. 무엇보다 우리가 나선 것은 자네의 목숨을 구하기 위함이기도 하네."

"예?"

유대웅이 깜짝 놀라 반문했다.

"정무맹주가 목숨을 잃었네. 당 호법도 사경을 헤매고 있고. 그렇잖아도 버거운 싸움이었거늘 두 중심을 잃고 어찌 버틸 수 있겠는가? 자네 또한 큰 부상을 당한 상태고."

"……."

"퇴각 명령을 내릴 걸세. 쉽지는 않겠지만 이곳에서 전멸을 당하는 것보다는 낫겠지. 하니 어서 움직이게."

한호와 십팔나한의 싸움이 시작되고 천추삼대가 그렇잖아도 힘든 싸움을 펼치고 있는 군웅들을 향해 움직이기 시작하자 무오 대사의 음성에 다급함이 실렸다.

유대웅이 힘없이 고개를 저었다.

"움직이고 싶어도 그럴 힘이 없습니다."

"그, 그 정도인가?"

"간신히 버티고……."

유대웅의 몸이 휘청거렸다.

그의 몸을 재빨리 안아든 무오 대사가 유대웅의 몸을 살폈다.

"허!"

외상도 외상이었지만 내부의 상태가 몹시 심각했다.

"이만큼이나 심각했단 말인가!"

무오 대사의 입에서 탄식이 흘러나왔다.

때마침 청우와 화산파의 제자들이 유대웅을 구하기 위해 우르르 달려왔다.

"대사님."

청우가 무오 대사를 불렀다.

"좋지 않소. 사제를 데리고 당장 퇴각하시오. 뒤는 빈승이 맡을 것이니."

무오 대사와 이미 얘기를 끝낸 청우는 별다른 말을 하지 않았다. 그의 시선을 받은 덕진 도장이 유대웅을 업었다.

청우와 눈빛을 주고받은 무오 대사가 쩌렁쩌렁한 음성으로 소리쳤다.

"퇴각하랏!"

*　　*　　*

"그게 사실이란 말이냐?"

벌떡 일어난 소숙이 믿지 못하겠다는 듯 되물었다.

들고 있던 찻잔은 자신도 모르는 사이 떨어져 산산조각이 났다.

"그, 그렇습니다."

소숙이 그토록 격동하는 모습을 본 적이 없던 모진이 마치 자신이 죄를 지은 양 고개를 숙였다.

"얼마나 도망친 것이냐?"

"대략 이백 남짓인 것 같습니다. 정무맹주를 따랐던 놈들은 대부분 괴멸된 상태고 주축은 청풍이 이끌었던 화산, 당가와 팽가, 황하련의 병력들입니다."

"청풍은 무슨 얼어 죽을! 유대웅이라고 하지 않더냐? 장강수로맹의 맹주 유대웅!"

소숙이 노한 음성으로 소리쳤다.

행여나 그 불똥이 자신에게 떨어질까 모진은 감히 입을 열지 못했다.

"그래서? 지금 놈들의 위치는?"

"남쪽으로 도주하고 있습니다. 아마도 장강을 건너려는 것 같습니다."

"추격은 어찌하고 있다더냐?"

"예. 부상을 당한 철검서생을 대신해 섬전귀 번창 어르신이 병력을 이끌고 추격을 하고 있습니다만 천추삼대는 움직이지 않았습니다."

소숙의 눈썹이 꿈틀거렸다.

"흥! 그렇겠지. 가주께서 개입하셨으니 직접적인 명을 내리지는 않으셨다고 해도 움직이지 않았을 터."

중앙 탁자로 달려간 소숙이 인근 지형을 살피기 시작했다.

"놈들과 가장 가까이에 동원할 수 있는 병력은 얼마나 되느냐?"

"우선 장강수로맹의 사절단을 공격하기 위해 움직였던 병력이 있습니다."

"잘되었구나. 그렇잖아도 대장로가 서운해하고 있을 텐데. 전력도 상당하고."

"열화기도 이틀 거리에 있습니다. 그리고 회선문(回旋門)이 길목에 있습니다."

"열화기에 당장 명을 내려라. 퇴로를 차단한다. 한데 회선문이라면……."

"예. 이미 우리의 수족으로 변한 곳입니다."

"잘됐구나. 즉시 동원하도록 해라. 더불어 이곳에서도 추격대를 꾸민다."

"알겠습니다."

대답을 하면서도 모진은 소숙의 명이 다소 과한 것은 아닌가 하는 생각을 했다. 겨우 목숨을 걸고 도주하는 잔당 이백 정도면 본가에서까지 굳이 추격대를 보낼 필요까지는 없을 것 같았다.

이를테면 병력의 과잉이라고 할까.

그러나 소숙의 생각은 달랐다.

"너무 많은 병력을 보낸다고 생각하는 것이냐?"

"솔직히 그렇습니다."

"모르는 소리. 화산검선의 제자이자 새로운 강자로 부상하는 장강수로맹 맹주의 목숨은 결코 가벼운 것이 아니다. 또한 맹주가 쫓기고 있다는 소식이 전해지면 현재 귀환하고 있는 장강수로맹의 병력이 가만히 있지는 않을 것이다. 함께 움직이고 있는 마황성의 병력들까지 힘을 보탤 수도 있는 노릇이고. 가장 큰 문제는 장강수로맹이다. 어쩌면 우리가 모르는 사이에 장강수로맹의 병력이 움직였을 수도 있어. 그에 대한 소식은 없더냐?"

"아직 별다른 얘기는 없습니다. 놈들의 움직임을 면밀히 살피도록 곧바로 조치를 취하도록 하겠습니다."

모진의 말에 고개를 끄덕인 소숙이 말을 이었다.

"무엇보다 그를 잡아야 하는 이유는 가주께서 놈을 인정을 했다는 것이다. 가주가 아무리 그쪽으로 미쳐(?) 있다고는 해도 단순히 화산검선의 제자라는 이유로, 장강수로맹의 맹주라는 이유로 놈을 놔두지는 않았을 것이다. 그것도 가장 아끼는 수하라고 할 수 있는 천추삼대 수십을 도륙한 놈을."

"이전부터 깊은 관심을 보이셨습니다."

모진이 살짝 반박을 했다.

"그랬지. 그러나 단순한 관심에도 어느 정도 한계는 있는 법이다. 지금처럼 중요한 순간에 놈을 놔줬다는 것은……."

"단순히 관심을 뛰어넘을 뭔가가 있었다는 것이겠군요."

"바로 그거다. 놈의 무공이 패왕가의 무공이라고 했다. 패왕가가 지닌 무공보다 더욱 완벽한 진정한 패왕의 무공. 만약 놈이 패왕의 무공을 제대로 익혔다면 모르긴 몰라도 가주님도 쉽게 생각하지는 못 하실 게다."

"서, 설마 그렇게까지 강하다는 것입니까?"

모진이 경악한 얼굴로 되물었다.

"역사가 그것을 증명한다. 본가의 대업을 번번이 가로막은 패왕가의 무공은 결코 본가의 아래가 아니다. 인정하긴 싫지만 위라고 볼 수도 있겠지. 물론 현 가주님의 실력을 생각하면 지리라고는 생각하지 않는다. 그래도 쉽지는 않은 싸움이 될 것은 분명하다. 마지막으로 그가 패왕가와 이어졌을 가능성이 다분하다는 것이다. 비록 지금은 미약하나 본가의 가장 큰 적이 패왕가였음을 생각했을 때 둘의 연계는 반드시 막아야 한다. 이해가 가느냐?"

소숙의 표정을 보건데 이건 단순히 이해를 하고 못하고의 문제가 아니었다.

"예. 바로 추격대를 꾸미겠습니다."

"서둘러라. 회선문뿐만 아니라 동원할 수 있는 모든 문파를 동원해. 유대웅을 척살하는 자에겐 큰 상을 내릴 것이라는 말과 함께. 말 그대로 천라지망을 펼치라는 말이다."

모진은 소숙의 표정에서 무슨 일이 있어도 유대웅을 제거하겠다는 굳은 의지를 확인하곤 몸을 부르르 떨었다.

소숙의 목표가 된 유대웅이 조금은 불쌍하기까지 했다.

* * *

천추세가가 판 함정에 빠진 정무맹과 군웅들은 무오대사와 소림사 무승들의 희생을 바탕으로 운봉산을 빠져나오는 데에는 성공을 했지만 수많은 이가 목숨을 잃었다. 그나마 생존자들도 뒤늦게 싸움에 참여하고 미리 퇴각을 결정한 화산파와 당가, 팽가, 황하련의 무인들이 대부분이었다.

정무맹주를 따라 움직이던 자 중 목숨을 건진 자는 백여 명에 불과했는데 최초 인원이 천여 명을 넘겼다는 것을 감안하면 실로 엄청난 손실이 아닐 수 없었다.

하지만 운봉산을 벗어났다고 모든 위기가 끝난 것은 아니었다.

독에 중독된 철검서생을 대신한 섬전귀 번창과 파옥권 개욱이 그들을 무섭게 추격하고 있었기 때문이었다.

몇 차례의 충돌이 있었고 희생자도 제법 생겼다.

그때마다 청우를 필두로 한 몇몇 고수의 맹활약과 팽윤의 뛰어난 기지로 무사히 빠져나올 수가 있었다.

그러나 추격대가 그들만은 아니었다.

운봉산을 벗어난 지 만 이틀.

유대웅 일행은 그들을 가로막는 새로운 적과 치열한 싸움을 벌이고 있었다.

"죽여라! 모조리 쓸어버렷!"

천추세가의 명을 받고 수하들을 모조리 동원하여 길목을

지키고 있던 회선문주 차등(車嶝)은 천추세가 휘하에 들어간 지 얼마 되지 않은 때에 큰 공을 세우게 되었다는 것에 크게 기뻐하며 수하들을 독려했다.

회선문에 속한 문도들은 물론이고 천추세가에 동조하는 문파들까지 다수 나서게 되니 그 수가 삼백에 이를 정도였다.

살아남은 이들이 정무맹의 정예라는 점이 다소 걸리기는 했으나 패잔병에 불과한 그들을 상대하지 못할 이유가 없다고 판단했다. 게다가 조금만 시간을 끌면 그들을 쫓는 추격대가 도착할 터였다.

"머뭇거리지 마라. 세상이 바뀌었다. 용맹함을 보여주는 자에게 큰 상을 내리리라!"

연신 수하들을 독려하며 미친 듯이 무기를 휘두르고 있는 차등의 눈에선 성공에 대한 욕망이 가득했다.

"버러지 같은 놈들! 세상이 바뀐다고 해도 네놈들은 결코 그 세상을 보지 못할 것이다."

당가의 장로 당붕이 선봉에선 이들을 매섭게 몰아쳤다.

당가의 식솔치고는 암기술에서 다소 부족함이 있기는 했으나 그는 당추추와 더불어 당가를 대표하는 장법의 고수였다.

당붕이 사용하는 만독멸천장법(萬毒滅天掌法)은 무림에서도 손꼽힐 정도로 지독한 장법이었다. 강맹한 위력도 위력이지만 장력에 스며 있는 절독은 조금만 흡입해도 당장 숨이 끊어질 정도로 지독한 것이었다.

하지만 그런 당붕 역시 몇 번의 싸움 끝에 지칠 대로 지쳐 있는 상태였다. 더구나 얼마 전 오자인의 검에 왼쪽 다리가 크게 상하면서 움직임이 더욱 느려졌다.

아무리 매서운 공격력을 가지고 있어도 둔한 몸놀림으론 제대로 된 공격을 펼칠 수 없는 법.

당붕을 상대하던 회선문의 노고수들은 이 점을 즉시 알아채고 그의 약점을 집요하게 파고들었다.

당가의 식솔들이 당붕을 돕고자 나섰으나 그들 역시 많은 적들에 의해 움직이기가 여의치 않았다.

가만히 싸움의 양상을 지켜보던 당곤이 청우에게 다가왔다.

"여기는 우리가 책임지겠다. 너희는 신속하게 이곳을 빠져나가거라."

"어르신!"

청우가 깜짝 놀라자 당곤이 덕진 도장에게 업혀 있는 유대웅을 가리키며 말했다.

"녀석의 부상이 더욱 악화되고 있다. 빨리 치료를 받지 않으면 설사 목숨을 건진다고 해도 후유증이 심할 터. 여기서 말싸움을 할 시간이 없다."

"하오나……."

"걱정하지 마라. 당가다. 본가는 너희가 생각하는 것만큼 약하지 않아."

"추격대가 따라붙고 있습니다."

청우각 고개를 저으며 말했다.

그러자 사실상 군웅들의 군사 역할을 하고 있는 팽윤이 입을 열었다.

"놈들의 목표는 아무래도 청풍 도장 같습니다. 청풍 도장이 계속 도주하고 있다는 것을 알면 추격대 또한 이곳에서 발목을 잡히지 않으려고 할 것입니다. 물론 이 또한 예측에 불과할 수 있습니다만 제 생각이 맞다면 당가는 바로……."

"저 쓰레기들만 처리하면 된다는 말이지. 숫자는 많지만 감당 못할 정도는 아니다."

당곤이 천추세가에 잘 보이기 위해 필사적으로 애를 쓰고 있는 회선문과 몇몇 문파를 차갑게 노려보며 살소를 머금었다.

지금은 늙어서 과거와 같지는 않다고 해도 청우는 젊어서 당곤이 어느 정도의 실력을 지녔었는지 사부를 통해 익히 알고 있었다.

만독노조라는 별호가 이미 그의 모든 것을 말해주는 것이었다.

무엇보다 중요한 것은 그들에게 머뭇거릴 시간이 없다는 것.

결정을 내린 청우가 당곤에게 고개를 숙였다.

“그럼 부탁드리겠습니다, 어르신. 죄송합니다.”

“죄송할 것 없다. 녀석에게 큰 빚을 지우는 셈이니 말이다. 두고 보면 알게 되겠지만 오히려 우리에게 이득이 되는 장사일 게다. 그리고 부탁은 노부가 할 말이다. 학운을 부탁하마.”

당곤이 죽은 듯 업혀 있는 당학운의 등을 쓰다듬으며 말했다.

“령이도 함께 이곳을 떠나거라.”

당학운 곁에 있던 당령이 단호히 고개를 저었다.

“그럴 순 없어요.”

“이 할애비의 명령이니라. 네 마음을 모르는 바는 아니나 지금은 이곳에서 싸우는 것보다 작은 할애비를 보살피는 것이 더 중요한 일이란 생각이 드는구나.”

당곤과 당학운을 번갈아 바라보던 당령은 입술을 꼬옥 깨물며 고개를 끄덕였다.

당곤이 성수의가를 이끌고 있는 송유에게도 당부의 말을 전했다.

“잘 부탁하네.”

"걱정 마십시오, 어르신. 반드시 살려내겠습니다."

"고맙군."

희미한 미소를 지으며 고개를 끄덕인 당곤이 할 말을 다했다는 듯 미련 없이 몸을 돌렸다. 그리곤 수많은 적을 상대로 분전 중인 당붕을 향해 천천히 걸음을 옮겼다.

잔뜩 굽은 등에 지팡이를 의지해 걸음을 옮기는 그의 모습은 어쩌면 초라하기까지 했다.

그 누구도 당곤의 모습에서 그런 불경한 마음을 품지 못했다.

그는 전대의 무림에서 인정한 거인이었다.

* * *

"승명산(承命山) 쪽으로 움직인다. 빠르게 이동할 터이니 정신들 똑바로 차려."

열화기주 조성하가 다소 지친 표정을 짓고 있는 대원들을 독려하며 소리쳤다.

"이틀을 꼬박 달려왔습니다. 조금 더 휴식을 주는 것이 어떻겠습니까?"

동료들을 대표하여 단창이 나섰다.

조성하가 수하들을 바라보았다. 아닌 게 아니라 강행군에 다들 지친 모습이 역력했다.

"그런데 승명산 쪽이 확실하긴 한 겁니까? 이번이 벌써 다섯 번째입니다."

임격이 다소 상기된 얼굴로 물었다.

"그건 나도 모른다. 일단 전령을 통해 연락이 온 상태니까. 이번만큼은 확실했으면 좋겠지만 솔직히 자신은 없다."

조성하가 자신의 마음을 숨기지 않고 정확하게 전달했다.

정무맹 잔당들의 퇴로를 막고 격멸하라는 명을 받고 출동한 지 벌써 이틀이 지났다.

열화기는 시시각각 변하는 잔당들의 위치를 시시각각 전달받으며 그들을 쫓기 위해 꽤나 강행군을 하고 있었다.

낙오자가 속출하고 정보에 혼선까지 오자 조성하는 결국 모든 병력이 함께 움직이는 것은 불가능하다고 판단하고 과감히 병력을 둘로 쪼개어 하나는 자신이 다른 하나는 부기주 전총에게 맡긴 상태였다.

"전령의 연락대로라면 놈들은 동에 번쩍 서에 번쩍하며 거리상 도저히 움직일 수 없는 위치에서 나타나고 있습니다. 이는 틀림없이 놈들의 역정보에 아군이 속고 있는 것입니다."

임격이 가슴을 치며 말했다.

"몇 번이나 연락을 보냈으니 뭔가 조치를 취하고 있겠지. 어쨌든 우리는 명을 따라야 한다. 대신 이곳에서 조금 더 휴식을 취하는 것으로 하지."

조성하의 휴식 명령에 대원들 모두가 안도의 한숨을 내쉬었다.

다들 강철 체력을 자랑하고 그었지만 이번만큼은 상황이 달랐다. 정무맹 잔당들의 퇴로를 차단하기 위해 그야말로 숨쉴 틈도 없이 움직이는 바람에 체력이 완전히 바닥난 것이었다.

한데 언제부터인지 그들을 바라보는 시선이 있었다.

"제법 만만치 않아 보입니다."

상관화의 말에 뇌우가 코웃음을 쳤다.

"단순히 숫자가 많을 뿐이다."

"글쎄. 확실히 이전에 상대한 녀석들보다는 강해 보이는군."

자우령이 한층 신중한 자세로 열화기를 바라보았다.

뒤쪽에 있던 적우가 가만히 입을 열었다.

"제가 한 말씀드려도 되겠습니까?"

"말해보게."

"저놈들이 바로 정무맹과 문제를 일으켰던 사사천교에서 최강이라 일컬어지던 열화기입니다."

적우가 마월영의 요원에게 들은 정보를 전했다.

"열화기라면 천추세가 놈들의 정체를 밝히는 데 일조한 바로 그 멍청한 놈들이 아닌가?"

뇌우가 비웃음을 흘리며 물었다.

"예. 맞습니다."

"원래는 사사천교를 위해서 목숨을 바쳤다는 놈들이지요. 결국은 배반을 한 것으로 드러났지만."

"이 기회에 제대로 사라지게 만들어주지."

뇌우의 눈에 살심이 깃들었다.

사사천교와 별 상관은 없었지만 천추세가의 주구로 배반을 일삼았다는 것 자체가 마음에 들지 않았다. 게다가 지금은 유대웅의 목숨을 노리는 상황이었다.

"병력이 나뉜 게 다행이라면 다행이군요. 솔직히 이 정도 규모로 놈들 모두와 싸우기는 버거웠을 겁니다."

적우가 장강수로맹의 병력을 힐끗 돌아보며 말했다.

애당초 장강수로맹에서 개파대전에 참가한 인원은 얼마 되지 않았다.

그중 절반은 운밀각주 사도진과 그를 수행하는 운밀각의 요원들이었고 정작 호위를 책임지는 이들의 수는 이십이 채 되지 않았다.

그들이 장강수로맹에서 가장 뛰어난 실력을 지닌 호천단에서 차출한 고수들이라고 해도 상대는 사사천교에서 첫손가락에 꼽히던 열화기였다. 숫자도 너무 부족했다.

"놈들의 수가 백 명 정도니까 일인당 대충 네 명씩 상대하면 되겠군요."

적우의 말에 자우령이 그와 고독검마를 바라보며 물었다.

"도와줄 생각인가?"

"싸우실 생각 아닙니까?"

"당연히. 맹주를 중심으로 아무래도 천라지망이 펼쳐진 것 같으니 이렇게 외곽에서부터 확실히 흔들어야 구하기가 조금 더 쉬울 테니까. 하지만 싸움에 끼어들면 마황성과……."

"마존의 전갈이 있었네."

고독검마가 입을 열었다.

"마황성은 얼마든지 준비가 되었으니 적극적으로 개입을 하라고."

자우령이 미소를 지었다.

"마황성에서도 현실을 직시했군."

고독검마는 대답을 하지 않았다. 그러나 침묵은 곧 긍정이나 다름없었다.

"아무튼 고맙네. 큰 힘이 될 것일세."

"이럴 줄 알았으면 우리 둘만 오는 것이 아니었거늘. 큰 힘이 된다니 조금 민망하군."

"일당백인 자네가 있지 않은가?"

"훗, 다른 사람도 아니고 일도파산에게 그런 말을 들으니 어째 몸 둘 바를 모르겠군."

자우령과 고독검마가 의미 있는 눈웃음을 주고받았다.

"저놈은 제가 잡겠습니다."

연합전선이 결정되기를 기다렸던 상관화가 조성하를 가리키며 말했다.

"마음대로 해라. 하지만 최대한 빨리 잠재워야 한다. 머리를 빨리 잘라내야 그만큼 피해를 줄일 수 있어."

"맡겨주십시오."

칼을 꽉 움켜쥐는 상관화의 모습을 보며 적우는 천룡쟁투에서 그와 비무를 하지 못한 것이 조금은 아쉬웠다.

마월영과 운밀각의 요원 등 비전투 요원을 제외하고 마황성과 장강수로맹의 병력은 정확히 스물한 명.

그에 반해 열화기의 병력은 어림잡아도 백 명은 넘어 보였다.

거의 다섯 배에 이르는 전력의 차이가 있었지만 상관화를 필두로 맹렬히 돌진하는 병력은 자신감에 차 있었다.

"크악!"

경계를 서다가 갑자기 들이닥친 상관화의 공격에 무방비로 당한 사내의 처절한 비명이 터지고 휴식을 취하고 있다가 난데없는 비명 소리에 깜짝 놀란 열화기 대원들이 정신을 차리기도 전에 대여섯 명의 목숨이 사라졌다.

"네놈들은 누구냐?"

조성하가 재빨리 전열을 정비하며 소리쳤다.

"네놈이 열화기의 우두머리냐?"

상관화의 물음에 조성하의 몸이 움찔했다.

"사사천교를 배반한 쥐새끼들. 지금껏 잘도 숨어 있었구나."

무시무시한 살기를 내뿜으며 걸어오는 뇌우의 모습에 조성하의 얼굴이 딱딱하게 굳었다.

"영… 사금창!"

"호! 노부를 알아? 눈깔까지 삐지는 않았군."

비릿하게 웃은 뇌우가 장창을 어깨에 턱 걸치며 사위를 쓸어보았다.

'영사금창이라면 장강수로맹이다. 하면 저 늙은이는 일도파산이로군.'

조성하의 눈이 자우령에게 향했다.

아무런 말도 행동도 하지 않고 있었지만 과연 명성 그대로 존재감이 대단했다.

'그런데 저 늙은이는 또 누구지?'

조성하가 자우령 못지않은 기운을 뿜어내는 고독검마를 바라보며 이맛살을 찌푸렸다.

상황이 생각보다 심각했다.

비록 수적 압도를 하고 있어도 상대가 무림십강에 버금간다는 일도파산과 영사금창이라면 얘기가 달라진다. 게다가 정체를 알 수 없는 인물들까지.

'실수를 했군.'

병력을 나눈 것이 뼈아프게 다가왔다. 힘들었어도 어떻게든 온전히 이끌었어야 했다.

"한데 장강수로맹이 어째서 우리를 공격하는 것입니까? 그쪽과는 아무런 원한 관계가 없는 것으로 압니다만."

조성하의 말에 뇌우가 코웃음을 쳤다.

"당연한 것을 묻는 것을 보니 아직 얘기를 듣지 못한 모양이구나. 궁금한 것은 염라대왕에게 물어 보거라. 다만 한 가지. 네놈들은 절대 건드려선 안 되는 사람을 건드렸다."

"음."

조성하의 입에서 짧은 침음이 흘러나왔다.

뇌우의 표정과 말투를 보건데 자칫하면 이곳에서 뼈를 묻어야 할지도 모른다는 생각이 들었다.

"그렇다고 그렇게 긴장하지는 마라. 네놈을 상대할 사람은 노부가 아니니까."

뇌우의 말이 끝나기가 무섭게 상관화가 조성하를 향해 칼을 겨누었다.

"죽기 전에 이름이나 알아둬라. 나는 장강수로맹 단심대 대주 상관화다."

"……."

조성하가 묵묵히 무기를 들었다.

때를 같이하여 상관화가 소리쳤다.

"쓸어버렷!"

상관화의 명이 떨어지자 잠시 공격을 멈추었던 호천단원들이 일제히 손을 쓰기 시작했다.

숫자는 얼마 되지 않지만 그 기세만큼은 무서웠다.

하지만 그들이 문제가 아니었다.

천천히 걸음을 옮기는 자우령, 우렁찬 외침과 함께 몸을 날려 적진으로 뛰어든 뇌우와 고독검마, 그리고 상관화에게 힐끗 시선을 던지고 조용히 전장으로 향하는 적우까지.

저마다 경천동지할 무공을 지닌 이들이 던지는 압박감은 실로 대단한 것이었다.

조성하와 열화기 대원들은 일대의 공간을 휘어잡으며 다가오는 적들의 기세에 아득함을 느껴야 했다.

'하필이면 이런 괴물들과…….'

조성하의 안타까운 탄식이 끝맺기도 전, 상관화의 칼이 그에게 짓쳐 들었다.

第三十二章
소면살왕(笑面殺王)

巫山三峡

"열화기가 당한 것이 확인 되었습니다."

모진의 말에 소숙이 불같이 화를 냈다.

"모조리 당했단 말이냐?"

"따로 움직인 병력은 아직 건재합니다. 그런데 당한 것은 열화기뿐만이 아닙니다."

"열화기뿐만이 아니라면 또 당한 이들이 있다는 것이냐?"

"그렇습니다. 놈들의 퇴로를 차단하기 위해 움직였던 금원보(錦園堡), 철기방(鐵騎幇)도 연이어 당했습니다."

소숙의 얼굴이 무참히 일그러졌다.

"망할! 그렇다면 남쪽이 완전히 뚫렸다는 거 아니더냐?"

"그 밑으로 병력을 추가로 배치해서 완벽히 뚫린 것은 아닙니다만 엷어진 것은 틀림없습니다."

그때였다.

문이 열리며 지난밤 부상을 당한 채 돌아왔다고 알려진 한호가 처음으로 소숙 앞에 모습을 드러냈다.

"몇 명 안 되는 것으로 알고 있는데 대단한 활약이군."

한호가 소숙의 눈치를 슬그머니 살피며 말했다.

잔뜩 화가 난 소숙과는 달리 한호의 음성엔 여유가 있었다.

"한 스무 명 된다고 했던가?"

"그마저도 줄어서 열 명 남짓으로 알고 있습니다."

모진이 소숙의 눈치를 살피며 대답했다.

"열 명? 휘유~ 정말 대단한 일이야."

"이게 지금 웃을 일입니까?"

소숙이 참다 못 해 버럭 화를 냈다.

"하하하! 울 수는 없지 않습니까, 사부?"

한호가 능글맞게 웃으며 말했다.

"애초에 가주께서 그놈들을, 아니, 그자를 놔주지 않으셨으면 이런 일도 없었을 것입니다."

"아시지 않습니까? 당시에는 저도 어쩔 수 없었다고요. 소림사의 십팔나한을 상대하느라 무척이나 애를 먹었습니다.

명성 그대로 십팔나한은 정말 대단했습니다. 하마터면 당할 뻔했으니까요."

"거짓말하지 마십시오."

"거짓말이라니요? 제가 어떤 부상을 입고 돌아왔는지 아시지 않습니까?"

"이 사부 또한 듣는 귀가 있습니다."

소숙이 냉랭히 대꾸했다.

"제자를 너무 불신하시는 것 같습니다."

"그럴 만하니 그렇지요. 다른 사람도 아니고 장강수로맹의 맹주입니다. 이게 얼마나……."

애써 화를 억누른 소숙이 차분히 숨을 가다듬으며 말을 이었다.

"당시 상황을 전해 들었습니다. 화산파의 제자 청풍이 장강수로맹의 맹주라는 말을 듣고 많이 흔들렸다고 들었습니다."

"그럴 리가요."

한호가 억울하다는 듯 대답했다.

"홀로 천추삼대를 상대하며 수십을 도륙했으니 그의 강함에 끌리시는 것도 이해를 합니다. 애당초 바꿀 수 없는 본능이라는 것을 알기에 진즉 포기를 했으니까요. 하지만 그로 인해 파생될 수 있는 문제를 조금이라도 생각해 보셨다면 그렇게 쉽게 봐줄 수는 없는 노릇입니다."

"알지요. 알고 있습니다. 그가 큰 골치가 되리라는 것은 이 제자도 압니다. 하지만……."

"단순히 골칫거리에 국한되지는 않을 겁니다."

"무슨 뜻입니까?"

"청풍, 아니, 이제 유대웅이라고 해야겠군요."

소숙의 표정이 한층 더 굳었다.

"유대웅이라는 자는 정, 사, 마를 떠나 무림에서 가장 존경받고 인정받는 화산검선의 제자입니다. 그를 싫어하든 좋아하든 간에 유대웅은 장차 정파의 구심점이 될 수 있는 충분한 힘이 있습니다. 또한 장강수로맹의 맹주라는 신분은 과거 정무맹과 친하지 않았던, 심지어 적대관계에 있던 문파들까지 아우를 수 있게 해줍니다. 당장 그와 함께 정무맹주를 구하기 위해 움직였던 황하련을 생각해 보시면 답이 나올 것입니다. 마황성이나 사사천교만큼은 아니더라도 황하련과 정무맹의 사이는 과히 좋지 않습니다. 그럼에도 불구하고 황하련의 차기 후계자라는 자들이 정무맹주를 구하기 위해 목숨을 걸었습니다. 이는 유대웅의 힘이 아니라면 설명이 되지 않습니다."

"그런 것 같습니다."

한호가 고개를 끄덕였다.

"황하련뿐만이 아닙니다."

"또 있습니까?"

"마황성과의 연계도 예상됩니다."

"흠."

마황성이란 이름의 무게감은 확실히 달랐기에 한호의 표정도 살짝 변했다.

"일전에도 말씀드렸다시피 이 사부가 제일 걱정한 것은 정무맹과 마황성이 연합을 하는 것이었습니다. 물론 두렵거나 감당할 수 없어서 그런 것은 아니었습니다. 단지 우리 쪽의 피해가 극심해질 것이기에 그런 것이었지요. 어쨌든 그런 이유로 정무맹을 치면서 마황성은 가급적 건드리지 않으려 했습니다. 심지어 꼭 제거를 해야 하는 장강수로맹의 사절단들을 마황성과 함께 움직인다는 이유로 그냥 보내려고 하였습니다."

"그러셨지요."

"그런데 유대웅을 추격하는 과정에서 마황성이 개입하게 되었습니다. 방금 들으셨다시피 열화기와 금원보, 철기방 등을 공격한 자들이 바로 장강수로맹의 고수들입니다. 그리고 마황성의 대공자와 고독검마가 그들에게 힘을 보태고 있는 실정이지요. 한마디로 체면 때문이라도 마황성을 가만히 두고 볼 수는 없게 되었다는 말입니다."

"공격을 해왔다면 당연히 갚아줘야겠지요."

한호가 날카로운 눈빛을 뿜어내며 말했다.

"가주!"

"물론 원치 않았던 상황임은 저도 압니다. 또한 유대웅의 존재가 이토록 심각하게 작용할 줄은 미처 생각하지 못했고요. 그렇지만 이미 벌어질 일을 되돌릴 수도 없는 일이잖습니까? 지금이라도 대책을 강구하면 될 것입니다. 하지만 깊게 생각을 하지 못해서 사부께 이런 고충을 안겨 드렸습니다. 죄송합니다, 사부."

한호가 소숙을 향해 정중히 머리를 숙였다.

자신으로 인해 노심초사하는 늙은 사부와 그로 인해 많은 희생을 당했고, 앞으로 당해야 할 수하들에 대한 미안한 마음이 깃든 사과였다.

"후~ 그래도 알아들었다니 다행입니다. 그 성격을 완전히 뜯어고치라는 말은 하지 않겠습니다. 처음부터 불가능하다는 것을 아니까요. 다만 앞으론 그런 상황이 오면 한 번 더 생각을 했으면 좋겠습니다. 가주는 결코 혼자의 몸이 아닙니다."

"명심하겠습니다."

한호가 다시금 머리를 조아렸다.

바로 그때, 문이 열리며 목 부위를 붕대로 감고 있는 한백이 모습을 드러냈다.

"허허허! 오늘은 또 무슨 일이기에 가주가 저리 혼나는 건가?"

"숙부님!"

한백의 등자에 한호가 반색을 하며 일어났다.

"괜찮으십니까?"

한호의 시선이 목에 머물자 한백이 목에 감긴 붕대를 슬쩍 쓰다듬으며 말했다.

"괜찮네. 파편에 살짝 긁힌 정도라네."

말은 그리했어도 부상이 가벼운 것은 결코 아니었다.

폭발이 있으리라는 것을 미리 알고 있었고 그에 대한 준비도 철저하게 했지만 외부로 드러난 얼굴과 목 부위만큼은 그도 어쩔 수가 없었다.

양손으로 철저하게 보호를 하려고 노력을 하였으나 약간의 틈을 파고든 파편이 왼쪽 목에 박히며 깊은 상처를 냈다.

만약 한 치만 더 안쪽을 파고들었으면 동맥이 손상되며 치명적인 부상을 면치 못했을 터. 천운이 아니었다면 어쩌면 목숨을 잃었을 수도 있었다.

한백의 말대로 살짝 긁힌 정도라고 결코 말할 수 없는 것이다.

한호도 그것을 모르지 않았다.

"그만하길 천만다행입니다."

"괜찮다고 해도 그러네."

한호를 향해 담담한 미소를 지어 보인 한백이 소숙에게 고개를 돌렸다.

"그런데 또 무슨 일이기에 그리 화가 난 것인가?"

"화는 무슨……."

"자네의 음성이 밖에까지 쩌렁쩌렁 울리더군."

"그, 그랬나?"

소숙이 움찔하며 물었다.

"그렇다니까. 자네가 그리 언성을 높이는 것을 보니 큰 문제가 터진 것 같기는 한데 말이야."

"문제라면 문제긴 하지."

소숙이 한숨을 내쉬며 한호와 유대웅간의 얽혀 있는 문제에 대해 간단히 설명을 했다.

"쯧쯧, 군사가 화를 낼 만했군."

한백이 한호를 보며 나직이 혀를 찼다.

"예, 숙부님. 그렇잖아도 많이 혼났습니다."

"일단 벌어진 일이야 그렇다 쳐도 그런 중요한 인물이라면 반드시 잡아야 하지 않겠나?"

"그래야겠지. 그런데 생각지도 못한 변수 때문에 쉽지가 않네."

"생각지도 못한 변수라면 그 장강수로맹?"

"맞아. 뛰어나다는 것은 알고 있었지만 막상 겪어보니 단순히 뛰어나다고만 할 수 없을 정도네. 고작 스무 명 남짓한 인원에게 당한 병력의 수가 이백을 훌쩍 넘었다네."

"그렇게나?"

한백이 깜짝 놀라 되물었다.

"그들 중 온전히 본가의 수하라고 할 수 있는 자들은 열화기가 전부였지만 어쨌든 큰 손실은 분명해. 열화기가 그렇게 분산되어 있었다는 것이 너무 아쉽군. 아무리 그들의 무위가 뛰어나도 온전한 열화기였다면 그리 쉽게 당하지는 않았을 터인데."

"쯧쯧, 안타까운 일이네. 한데 유대웅이란 놈은 지금 어디에 있는 것인가?"

"정확한 위치는 알 수가 없지만 팔두령(八斗岭) 인근으로 보고 있네. 마지막으로 발견된 곳이 팔두령에서 동북쪽으로 육십여 리 떨어진 곳이었으니 비슷할 것 같기는 한데 이상하게도 정보가 정확하지가 않아. 취운각의 아이들이 놈들에게 계속해서 발각당하는 것도 한 이유가 되기는 하겠지."

소숙은 취운각의 요원들이 하오문의 집요한 방해와 공격으로 혼란을 겪고 있다는 것을 미처 눈치채지 못하고 그들이 유대웅 일행에게 발각되어 당하고 있다고 착각하고 있었다.

"팔두령이라면 어쨌든 장강을 넘지는 못했군."

"장강수로맹의 맹주일세. 장강에 도착하는 것만큼은 반드시 막아야지."

"제가 책임을 지도록 하겠습니다."

한호가 겸연쩍은 표정으로 말을 하자 소숙이 고개를 흔들었다.

"가주께서 그를 봐주었다는 것을 모르는 사람은 없습니다. 이제 와서 가주께서 직접 나서시는 것은 체면상 있을 수 없는 일입니다."

"같은 생각일세, 가주. 미안한 마음은 알겠지만 지금은 이 친구에게 그냥 맡기는 것이 좋을 것 같군."

"예. 그리하겠습니다."

한호가 순순히 물러나자 가볍게 미소를 지은 한백이 소숙에게 말했다.

"그런데 장강수로맹에선 별다른 움직임이 없던가? 다른 놈들이야 제 놈들 살기에 바쁘니 그렇다 쳐도 장강수로맹이라면 맹주가 위험에 빠진 이상 틀림없이 뭔가 변화가 있을 텐데 말이야."

"그렇잖아도 놈들을 주시하고 있었지. 확실히 대규모의 병력이 움직이고 있었네."

"두고 보지만은 않았을 것이고."

"물론. 해사방을 움직였네."

"해사방을?"

"그래. 일전의 일 때문인지 공 장로가 아주 독이 제대로 올라 있다네."

"그렇겠지. 아주 제대로 망신을 당했으니."

한백이 너털웃음을 터뜨리다 목에서 올라오는 고통 때문에 살짝 미간을 찌푸렸다.

"지금쯤 남경 근처까지 도착을 했을 테니 장강수로맹도 함부로 움직이기엔 부담이 클 걸세. 맹주를 구한답시고 장강을 비웠다간 자칫 해사방에게 크게 당할 수 있으니 말이야."

"장강수로맹에서 어찌 나올지 궁금해지는군."

"동감일세. 과연 어떤 선택을 할지 무척이나 흥미로운 순간이야."

주거니 받거니 하며 대화를 이어가는 소숙과 한백의 모습을 보며 다소 소외(?)를 받은 한호는 마찬가지로 한마디도 하지 못하고 있는 모진을 보며 동련상변의 아픔을 느껴야 했다.

* * *

"후욱! 후욱!"

어깨가 거칠게 요동을 치고 호흡이 가빠졌다.

천추세가의 대장로 양조굉과 맞선 유대웅은 상대방의 막강함에 가슴이 답답했다.

천추세가의 대장로라는 지위답게 양조굉의 무공은 엄청났다.

정상적인 몸으로 싸워도 쉽게 승부를 점칠 수 없을 정도의 고수를 이제 겨우 조금씩 부상에서 회복을 하고 있는 유대웅이 상대하기란 애당초 불가능한 것이었다. 하지만 그가 아니면 양조굉과 싸울 사람이 없었다.

장강수로맹의 사절단을 공격하기 위해 기다리고 있다가 유대웅을 쫓게 된 양조굉 일행의 전력은 막강했다.

당장 양조굉을 필두로 두교청(杜交淸), 염단(染壇), 장무종(張武從) 등 세 명의 장로, 그리고 그들이 이끌고 온 백 명의 위진대(威振隊)라면 어지간한 문파쯤은 한 시진 만에 무너뜨릴 수 있는 전력이었다.

특히 천추군림위진천하(千秋君臨威振天下)라는 글귀에 따라 만들어진 군림대, 위진대, 천하대는 아직까지 세상에 드러나지 않은 천추세가의 진정한 힘으로써 유대웅 일행이 맞닥뜨린 위진대 개개인의 실력은 화산파의 주력이라 할 수 있는 매화검수에 못지않았다.

유대웅이 주변을 둘러보았다.

청우는 두교청과, 원진 도장은 염단과, 황하련의 백서진은 장무종과 치열한 혈전을 펼치고 있었다.

백천은 위진대의 대주 한절(韓絶)을 상대하고 있었는데 청우를 제외하곤 상황이 그리 좋지는 않았다.

무리를 이끌어야 할 수뇌들이 발목이 잡혔고 상대의 전력이 워낙 막강하여 전체적인 전황이 상당히 불리했다.

그나마 팽윤의 능수능란한 지휘 덕에 힘겹게 버티고 있었는데 나이는 어려도 팽윤은 무리의 군사로서 자기의 역할을 충분히 하고 있었다. 지금껏 적들의 이목을 속이며 도주에 성공할 수 있었던 것은 팽윤의 기지가 절대적이라 해도 과언이 아닐 정도였다.

과거에도 물론 뛰어난 재지를 보였으나 실전을 겪으면서 팽윤은 지닌바 재능을 만개시키는 중이었다.

어쨌든 모두가 힘을 합쳐 총력전을 펼치는 상황에서 유대웅을 노리며 다가가는 양조광을 막아줄 수 있는 사람은 아무도 없었다.

송유마저 지난밤의 싸움에서 부상을 당하는 바람에 전력에서 이탈한 상태였다.

"패왕의 무공이 이리 형편없었단 말이냐!"

양조광의 매서운 칼이 유대웅의 어깨를 스치고 지나갔다.

피한다고 피했으나 살점이 뭉텅이로 잘려 나가며 피가 솟구쳤다.

'확실히 버겁군.'

지금까지는 어찌 버텨냈지만 몸 상태가 한계에 도달한 지 이미 오래였다.

일각을 넘게 버틴 것만 해도 대단한 것이라 스스로를 위안했다.

유대웅은 다시금 짓쳐 드는 양조광의 칼을 보며 자신의 최후를 직감했다.

바로 그때였다.

유대웅의 뒤편에서 왜소한 인영이 달려 나와 양조광의 공격에 맞섰다.

"아악!"

외마디 비명과 함께 힘없이 날아가는 인연을 보며 유대웅이 두 눈을 부릅떴다.

송하연이었다.

비틀거리며 일어나는 모양새가 다행히 큰 부상을 당한 것 같지는 않았지만 앵두같이 붉은 입술 사이로 흘러나오는 선홍빛 핏줄기가 차갑게 식었던 유대웅의 피를 뜨겁게 달구었다.

"쓸데없는 짓하지 마시오."

입술을 꼬옥 깨물며 다가오는 송하연을 막아선 유대웅이 가만히 눈을 감고 차분히 호흡을 가다듬었다.

그가 눈을 떴을 때 초천검이 양조광을 향해 움직였다.
"음."
양조광의 입에서 탄성이 터져 나왔다.
조금 전에도 경험해 본 무공이었건만 어딘가 달랐다.
속도는 더 느려진 것 같은데 주변의 공기를 짓누르며 다가오는 기운이 예사롭지 않았다.
"파천… 혈지!"
마침내 핏빛 검화가 피어올라 주변을 휘감기 시작했다.
혈화가 닿는 곳곳마다 거대한 폭음이 터져 나왔다.
양조광의 칼에서 발출된 기운이 힘없이 사라졌다.
"이, 이 무슨!"
유대웅의 공격에 대항하기 위해 뿜어냈던 도기가 혈화에 온전히 잡아먹혀 버리자 양조광의 입에서 다급한 음성이 터져왔다.
"크헉!"
다급히 몸을 뒤틀던 양조광의 입에서 비명이 터져 나왔다.
무참히 땅바닥을 구르는 양조광.
그의 왼쪽 옆구리에 큼지막한 혈화가 피어 있었다.
하지만 거기까지였다.
온 세상을 뒤덮을 것처럼 피어오르던 혈화는 어느새 사라졌고 힘없이 팔을 늘어뜨린 유대웅만이 처절한 모습으로 서 있었다.

단 한 번의 공격으로 지금껏 간신히 유지하던 몸의 균형이 완전히 흔들려 버렸다.

겨우 제자리를 잡아가던 오장육부는 물론이고 기경팔맥까지 다시금 완전히 뒤틀려 버렸다.

무엇보다 심각한 것은 파천혈지를 시전하기 위해 끌어올린 선천지기가 미처 외부로 발출되지 못하고 내부에서 폭주하고 있다는 것.

만약 폭주하는 선천지기를 제대로 갈무리하지 못한다면 천우신조로 목숨을 건진다고 해도 폐인이 되는 것은 피할 수가 없었다.

"이놈!"

볼썽사납게 몸을 일으킨 양조광이 노호성을 터뜨리며 유대웅을 향해 칼을 던졌다.

손가락 하나 까딱할 힘도 없던 유대웅이 할 수 있는 것이라곤 입을 가리며 놀라는 송하연에게 마지막 미소를 지어주는 것뿐이었다.

"미… 안."

그 미소를 끝으로 유대웅은 정신을 잃었다.

맹렬히 날아든 칼이 유대웅의 심장을 관통했다.

송하연의 눈에는 분명 그렇게 보였다.

"아악!"

송하연의 안타까운 비명이 전장에 울려 퍼졌다.

순간적으로 모든 싸움이 멈춰졌다.

물론 송하연의 비명 때문은 아니었다.

전장에 울리는 거대한 사자후 때문이었다.

사자후의 주인이 자우령임을 알아본 청우가 주먹을 불끈 쥐었다.

자우령 뒤로 뇌우와 고독검마, 적우가 뒤를 따랐다.

유대웅의 심장을 관통하려던 양조광의 칼을 간발의 차이로 막아내고 돌아온 애도를 회수한 자우령의 몸에서 무시무시한 살기가 뿜어져 나오고 있었다.

그의 눈이 쓰러진 유대웅에게 향해 있었다.

"일도… 파산."

양조광이 이를 부득 갈았다.

마침내 고대하던 상대를 만났다.

애당초 천추세가를 나선 이유가 바로 일도파산을 잡기 위함이 아니었던가.

그런데 상황이 별로 좋지 않았다.

다 죽어가던 유대웅에게 불의의 일격을 당하는 바람에 꽤나 큰 부상을 당하고 말았다. 이런 상태라면 승부를 자신할 수가 없었다.

그렇다고 피하자니 자존심이 용납을 하지 않았다.

그때 망설이는 양종굉이 결단을 내리게 하는 사건이 벌어졌다.

곧바로 싸움에 끼어든 고독검마가 황하련의 백서진을 몰아붙이고 있던 장무종의 목을 베어버린 것이다.

고독검마 정도의 고수라면 함께 합공을 하는 것을 꺼릴 만도 하였지만 유대웅을 구하러 오는 과정에서 상황이 얼마나 좋지 않은지를 정확하게 파악하고 있는 그에게 체면 따위는 문제되지 않았다.

일단 상대편의 수뇌들을 제압해야만이 살아날 길이 있다는 것을 알기에 장무종의 배후를 급습한 것이었다.

다른 사람도 상황은 비슷했다.

그나마 눈치를 채고 빨리 몸을 뺀 염단과 한절은 간신히 목숨을 구했지만 청우에게 발목이 잡힌 두교청은 뇌우의 장창에 몸이 꿰어 그대로 절명하고 말았다.

장무종과 두교청의 죽음은 엄청난 피해였다.

그럼에도 차마 입을 떼지 못하고 있을 때 양조굉을 대신해 얼굴이 피투성이가 된 한절이 위진대에게 명을 내렸다.

"퇴각한다. 장로님들을 뫼셔라."

순식간에 양조굉과 염단을 에워싸는 위진대.

당황한 양조굉이 뭐라 소리를 치려 했지만 염단이 그를 막았다.

"지금은 아닌 것 같네."

양조광이 염단을 보니 오른쪽 가슴에서 왼쪽 옆구리까지 깊은 검상이 나 있었다.

"자네까지."

"목숨은 건졌지만 꽤나 심하게 당했어."

"음."

이를 부득 간 양조광은 위진대원들이 이끄는 대로 퇴각을 하기 시작했다.

이를 두고 볼 자우령이 아니었다.

생사를 알 길 없는 유대웅의 부상으로 그 분노가 하늘까지 치솟은 자우령이 적들을 추격하며 매서운 살수를 뿌렸다.

뇌우까지 그를 돕자 퇴각을 하던 위진대의 후미가 급격하게 무너졌다.

그러나 목숨을 걸고 자우령과 뇌우를 막은 이들 덕분에 양조광과 염단은 자우령과 뇌우의 살수에서 무사히 빠져나갈 수 있었다.

* * *

"커흑!"

사내가 외마디 비명을 지르며 힘없이 고개를 떨궜다.

눈 깜짝할 사이에 일곱 명의 암습자를 해치운 혈사림주 능위가 스산한 웃음을 흘리며 전방을 주시했다.

"이제 그만 기어 나오시지. 여흥은 대충 끝난 것 같지 않아?"

능위의 말이 끝나기가 무섭게 나무 뒤에서 육척 정도의 키, 호리호리한 몸매에 다소 낡은 마의를 걸친 노인이 뒷짐을 지고 걸어 나왔다.

어디하나 날카로운 기색도 없이 너무도 평범한 노인.

부드럽게 웃는 모습이 절로 마음을 편하게 했다.

"네놈이 소면살왕이냐?"

능위가 살기를 드러내며 물었다.

단 며칠 동안에 불과했고 그다지 위협도 되지 않았지만 한시도 쉽지 않고 이어진 암습은 빨리 돌아가 반역자들을 모조리 도륙 내 버려야 하는 능위를 상당히 짜증나게 만들었다.

그렇다고 완전히 무시할 수도 없었던 것이 간간히 뛰어난 살수들이 동원되어 수하들의 피해가 적지 않았기 때문이었다.

"예의가 없는 녀석이구나."

노인이 웃음을 지우지 않고 타이르듯 말했다.

그것이 능위를 더 짜증나게 만들었다.

"소면살왕이냐고 물었다."

"뭐, 남들이 그리 부르기는 하더구나. 황 노야라는 좋은 호칭이 있거늘. 그렇지 않더냐?"

스스로를 소면살왕이라 인정한 노인이 다소 뒤에 떨어져 있던 사내에게 물었다.

"그렇습니다, 노야."

사내가 더할 수 없이 공손한 자세로 대답했다.

"역시 그랬군. 소면살왕!"

능위가 다소 굳은 표정으로 노인을 노려보았다.

성격 급하기로 혈사림에서 손꼽히는 혈영노괴는 입을 다물고 아무런 말도 하지 못했다.

소면살왕은 그만큼 두렵고 공포스런 존재였기 때문이었다.

소면살왕 황조(黃鳥).

나이 열일곱에 처음 세상에 모습을 드러낸 이후 지금껏 단 한 번의 패배도 없다는 불패의 승부사.

처음 그가 살행을 시작했을 때 세인들은 그의 출신을 삼대살문이라 추측했다.

그만큼 은밀하고 완벽하게 의뢰를 마쳤기 때문이었는데 이후, 살행의 과정에서 오히려 삼대살문과 마찰이 있었고 살곡에 치명적이 타격을 입히면서 그가 삼대살문과는 전혀 상관없는 인물이라는 것이 밝혀졌다.

살곡과의 다툼 이후에도 그는 꾸준히 청부살수의 길을 걸었는데 훗날 알려진 사실에 의하면 그가 살행을 한 것은 전설적인 살수 환영살(幻影殺)의 살검(殺劍)을 수련하기 위한 하나의 방편이라는 것이었다.

나이 서른다섯에 스스로의 살검을 완성했다고 선언한 황조는 이후, 상당히 독특한 행보를 걸었다.

남이 아닌 스스로에게 의뢰를 하여 살수행을 한 것이다.

말이 좋아 의뢰지 한마디로 마음에 들지 않는 자들을 모조리 황천길로 보내버린 것인데 그런 황조의 기행에 세인들은 오히려 많은 환호를 보냈다. 그가 스스로에게 의뢰를 하여 목숨을 빼앗은 자들 대부분이 인면수심(人面獸心)한 쓰레기들이었기 때문이었다.

그러나 그것이야말로 사람들의 착각에 불과했다.

단지 그런 자들이 황조와 먼저 부딪치게 되어서 그런 것이지 그의 손에 목숨을 잃은 자들의 면면을 살펴보면 황조야말로 무의미하게 살육을 즐기는 살귀(殺鬼)에 불과했다.

결정적으로 그의 악행이 알려진 것은 술을 마시고 있던 황조의 어깨를 건드리고 지나쳤다는 이유만으로 항주의 낙안검문이 남녀노소를 가리지 않고 모조리 몰살을 당했다는 것이 알려지면서였는데 당시 정무맹은 그런 황조를 무림공적으로 지명하고 그를 제거하기 위해 척살조를 파견했다.

결과는 무참한 패배.

황조를 제거하기 위해 떠났던 삼십 명의 척살조 중 살아남은 사람은 단 한 명뿐이었다. 그나마도 두 눈을 잃고 코와 귀를 잃은 상태로 목숨만 겨우 부지한 상태였다.

그가 목숨을 부지할 수 있었던 이유는 단 하나 그가 정무맹에 전하고 싶은 말이 있었기 때문이다.

그가 어떤 말을 전했는지는 세간에 알려지지 않았다.

하지만 어떤 이유에서인지 정무맹은 황조를 여전히 무림공적으로 명명하면서도 더 이상의 척살조를 보내지도 않았다.

소문에 의하면 황조가 전한 말인즉슨 다시 한 번 척살조를 보내거나 자신을 건드리면 혈사림이나 마황성에 투신을 해버리겠다는 협박 아닌 협박을 했다는 말이 있었지만 정확히 밝혀진 것은 아니었다.

어쨌든 정무맹과의 싸움에서도 승리(?)를 거둔 황조는 이후에도 무림을 종횡하며 마음 내키는 대로 살인을 일삼았다.

무자비한 살수를 휘두르는 순간에도 늘 웃음을 잃지 않는다고 하여 소면살왕이라는 별호도 갖게 되었다.

더불어 무림십강의 일인으로 인정받게 되었는데 그의 검에 목숨을 잃은 자 중 몇몇은 무림십강에 가장 근접해 있던 이들이기 때문이었다.

그런 세월이 어느새 오십 년, 세월이 흐를수록 과거처럼 무자비한 살인 행각을 벌이지는 않았지만 무림은 여전히 소면살왕의 미친 짓에 골머리를 썩고 있었다.

"본좌의 앞을 가로막은 이유가 뭐냐?"

"글쎄. 그냥 빚을 갚는 중이라고 하면 맞겠군."

"빚? 소면살왕이 빚을 진다?"

"그렇게 놀란 것은 없다. 노부도 그렇게 될 줄은 꿈에도 몰랐으니까."

소면이라는 별호에 어울리지 않게 황조의 얼굴에 처음으로 그늘이 졌다. 짚이는 바가 있었다.

"천추세가의 가주에게 패한 것이냐?"

"……."

침묵은 곧 긍정이었다.

"하긴 이미 몇 년 전 화산검선과 비등한 실력을 지녔다고 알려졌으니 당연한 건가. 화산검선에게 꽁지를 말고 도망친 늙은이가 상대할 수준은 아니겠지."

능위의 비웃음에 소면살왕의 얼굴에 미소가 다시 찾아왔다.

옆에서 이를 지켜보던 혈영노괴는 자신도 모르게 침을 꿀꺽 삼켰다.

소면살왕의 얼굴에 미소가 진해지면 진해질수록 그의 살수가 더욱 지독해진다는 것은 모든 무림인이 알고 있는 상식이나 다름없었다.

"한 가지만 더 묻지. 본좌를 노린다면 바로 찾아올 것이지 저런 쓰레기들을 동원한 이유는 뭐냐? 설마 저 따위 쓰레기들을 이용하여 기운을 빼자는 수작은 아니겠지?"

"그놈들 말이냐? 크크크! 정말로 노부가 동원했다고 믿는 것이더냐?"

"아니냐?"

"당연히. 그저 노부가 네놈을 상대하기 위해 움직인다는 소리를 듣고 알아서 긴 놈들이다. 네 말마따나 애당초 작정을 하고 노렸으면 그런 쓰레기들을 동원할 노부가 아니다."

말을 그리했지만 그건 사실이 아니었다.

소면살왕은 한호에게 충격적인 패배를 당하고 목숨의 빚을 진 후, 다시는 그와 같은 망신을 당하지 않기 위해 능위와의 싸움에 앞서 철저하게 그를 분석하고 연구했다.

비록 보잘것없는 이들을 이용하기는 했지만 그것만으로도 충분했다.

며칠 동안 조금씩 정보가 쌓이다 보니 능위의 무공은 눈을 감고도 상대할 수 있을 정도였다.

그리고 마침내 오늘, 필승을 자신하며 모습을 드러낸 것이었다.

"말이 길었구나. 이제 염라대왕을 만나러 갈 시간이다."

하얗게 웃은 소면살왕이 능위를 향해 왼팔을 휘둘렀다.

부드럽게 날아간 장력이 능위의 몸을 강타할 때 순식간에 일어난 혈기가 그의 몸을 휘감으며 막을 만들었다.

극강의 호신강기 혈강환이었다.

꽝! 꽝! 꽝!

소면살왕의 장력이 혈강환과 세차게 부딪치며 주변의 공기를 뒤흔들었다.

소면살왕의 눈에서 이채가 떠올랐다.

일종의 탐색전에 불과했으나 그렇다 하더라도 자신의 장력이 단순한 호신강기에 그리 무력하게 막힐 줄은 미처 생각하지 못했다.

"크하하하! 재밌구나."

무엇이 그리 신나는지 호탕하게 웃는 소면살왕.

착 가라앉은 눈빛은 북해의 한기만큼 싸늘했다.

"어디 이것도 한번 막아 보거라."

소면살왕이 입가에 미소를 머금으며 손을 움직였다.

능위의 몸이 움찔했다.

뭔가 이상하다는 생각에 몸을 틀었다.

어깨 쪽에서 상당한 통증이 밀려들었다.

혈강환으로 보호하고 있음에도 그만한 충격을 느낀다는 것은 실로 놀라운 일이 아닐 수 없었다.

문제는 그것이 무엇인지 전혀 눈치를 챌 수 없었다는 것.

소면살왕의 공격은 눈에 보이지도 않고 기척도 없었다.

능위가 어깨를 타고 흐르는 피를 찍어 입에 가져다 댔다.

피비린내가 입안 가득 퍼져 나갔다.

"재밌군. 아주 재밌어!"

환하게 웃는 능위의 눈동자가 붉게 변하기 시작했다.

능위가 호신강기를 극성으로 끌어올림과 동시에 소면살왕을 향해 손을 뻗었다.

붉게 물든 그의 손에서 모습을 드러낸 마라혈강수가 소면살왕의 가슴 안쪽으로 파고들었다.

금방이라도 상대에게 치명타를 안길 것 같던 능위의 몸이 멈칫했다.

어느 샌가 다가온 소면살왕의 손이 자신의 머리를 노리고 있음을 눈치챈 것이다.

혈강환도 그의 손을 막아내지는 못했다.

능위의 안색이 딱딱하게 굳었다.

이를 악문 능위가 몸을 빼며 마라혈강수의 절초 중 하나인 쇄벽강(碎壁罡)을 펼쳤다.

능위의 손에서 뿜어진 강기가 소면살왕의 손과 정면으로

충돌했다.

거대한 폭발음과 함께 능위의 몸이 한참을 뒤로 물러났다.

소면살왕 또한 몇 걸음 물러나기는 했지만 능위만큼은 아니었다.

능위는 목구멍을 타고 오르는 비릿한 혈향을 억지로 삼켜야 했다.

허공으로 뛰어오른 소면살왕이 마치 거대한 독수리가 먹이를 노리듯 양팔을 활짝 펴고 그를 노렸기 때문이다.

'괴물 같은 늙은이!'

능위는 소면살왕의 힘을 제대로 느낄 수 있었다.

본능이 그에게 피하라고 경고음을 마구 날렸다.

그 순간, 이형환위의 수법이 펼쳐졌다.

소면살왕의 매서운 공격이 능위의 잔상을 후려칠 때 능위는 이미 그의 등 뒤로 돌아간 뒤였다.

섬전보다 빠른 강기가 소면살왕의 등을 향해 짓쳐 들었다.

'빠르군.'

분뢰보(分雷步)를 펼치며 공격을 벗어난 소면살왕이 능위를 향해 슬쩍 손을 흔들었다.

방금 전, 능위의 호신강기를 뚫고 들어가 어깨에 상처를 낸 암혼무흔지(暗魂無痕指)였다.

소리도, 기척도 없다.

하지만 능위는 두 번 당하지 않았다.

능위의 손이 그의 가슴 앞에서 빙글 회전을 했다.

퍽! 퍽!

심장을 노리고 은밀히 접근하던 지력이 마라혈강수에 막혀 흔적도 없이 사라졌다.

지금껏 단 한 번의 실패가 없었던 암혼무혼지가 완벽하게 막히는 것을 본 소면살왕은 경악을 금치 못했다.

기회를 포착한 능위가 무서운 속도로 전진하며 손을 뻗기 시작했다.

"건방진 애송이 같으니!"

소면살왕의 얼굴에 웃음이 만발했다.

그만큼 위기라는 것을 반증하는 것.

기세를 빼앗겼다고 생각한 소면살왕은 굳이 정면으로 맞서지 않았다.

잔뜩 기세가 오른 능위가 정면으로 맞부딪쳐 봐야 좋을 것이 없다고 판단한 소면살왕은 분뢰보를 펼치며 잠시 호흡을 가다듬으려 했다. 그러나 곧바로 쫓아오는 능위의 공격은 생각보다 빨랐고 위력적이었다.

양손에서 뿜어져 나오는 폭발적인 기운은 가히 파천황의 기세라 할 수 있었다.

마라혈강수의 절초인 절명광(切命光), 추혼뢰(追魂雷), 천극

멸(天極滅)이 차례로 펼쳐지고 그 기운이 중첩되어 소면살왕을 압살하듯 짓쳐 들었다.

소면살왕이 한껏 내력을 끌어올렸다.

얼굴에 피어난 웃음 속에 서늘한 긴장감이 느껴졌다.

소면살왕의 왼손이 기묘하게 흔들리며 가장 먼저 밀려온 쇄벽강을 쳐 내고 뒤이어 접근한 추혼뢰를 부드럽게 밀어내며 흘려보냈다.

천극멸만큼은 도리가 없었는지 정면으로 부딪쳤다.

꽝!

마치 폭발을 하듯 능위와 소면살왕 주변의 공기가 엄청난 기세로 팽창했다.

"웩!"

삼장이 넘게 밀려난 소면살왕이 허리를 꺾고 검붉은 피를 토해냈다.

그에 반해 능위는 안색이 창백해진 것 이외에 별다른 변화를 찾아볼 수가 없었다.

"믿을 수가 없군."

소면살왕의 얼굴에서 처음으로 웃음이 사라졌다.

그럴 만도 한 것이 자신보다 한참 어린 능위에게 다른 것도 아니고 내공에서 완전히 밀린 것이다.

스스로 천하제일은 아닐지 몰라도 그 누구에게도 밀리지

않는 내력을 지니고 있다고 자부하던 소면살왕이었기에 충격은 상당했다.

그러나 그는 능위가 혈강신을 완성하기 위해 얼마나 많은 동녀들의 혈정을 취했는지, 그로 인해 얼마나 막강한 내력을 품게 되었는지 알지 못했다.

만약 그 사실을 알게 되었다면 사이한 방법으로 내력을 늘린 능위를 오히려 비웃어 주었을 터였다.

자존심에 상처를 입은 소면살왕이 입에든 핏덩이를 거칠게 뱉어내더니 능위를 향해 손을 뻗었다. 암혼무흔지였다.

"이제는 통하지 않는다!"

능위가 가소롭게 웃으며 쇄벽강을 펼쳤다.

그 웃음이 사라진 것은 쇄벽강에 부딪쳐 사라지리라 예상했던 암혼무흔지가 갑자기 방향을 바꿔 그의 관자놀이를 노리는 것을 눈치챈 직후였다.

게다가 놓친 것이 하나가 아니었다.

목덜미와 단전, 양 허벅지를 향해서도 섬뜩한 기운이 엄습했다.

'말도 안 돼! 어찌 이런 식으로 진기의 운용이 가능하단 말인가!'

늘 상대방을 아래로 놓고 보던 능위였지만 지금 이 순간만큼은 소면살왕의 힘에 두려움을 느끼지 않을 수 없었다.

능위의 몸이 미친 듯이 흔들리기 시작했다.

마라혈강수가 연거푸 시전되었다.

그 덕에 관자놀이와 심장, 단전을 노리던 암혼무흔지를 막아낼 수는 있었지만 양 허벅지를 노리던 암혼무흔지에 대해선 속수무책이었다. 그저 혈강환의 힘을 믿을 뿐이었다.

퍽!

둔탁한 소리와 함께 능위의 눈이 고통으로 크게 확장했다.

혈강환 덕에 다행히 관통을 당하지는 않았다.

그래도 몸이 휘청거릴 정도로 큰 타격을 피할 수는 없었다.

감각 자체가 사라진 것을 보면 당분간 제대로 움직이기란 불가능할 것 같았다.

하나 문제는 그것이 아니었다.

능위가 고통에 흔들리는 사이 피칠갑을 한 소면살왕이 그를 향해 쇄도하고 있었다.

진하디 진한 미소 속에 드러난 살기가 전율스러웠다.

공격을 성공하기는 했지만 그 역시 암혼무흔지를 운용하는 과정에서 적지 않은 내상을 당한 상태였다.

자칫 시간을 끌면 오히려 자신이 당한다는 생각에 절호의 기회를 잡은 지금 모든 것을 끝내리라 마음먹고 있었다.

소면살왕이 품에서 단검을 꺼내 들었다.

그가 알고 있는 유일한 검법 섬전살(閃電殺)은 근접한 거리에서 펼칠 수 있는 최강의 살초였다.

과거 무림십강에 근접했다고 평가받던 고수들 또한 바로 섬전살에 모두 목숨을 잃었을 정도였다.

능위의 눈빛이 흔들렸다.

피하기엔 너무 늦었다.

혈강환이라도 상대의 단검을 막아내지 못할 것 같았다.

능위가 이를 꽉 깨물었다.

상대의 공격을 허용하는 것은 어쩔 수 없지만 승리를 하는 것은 자신이어야 했다.

푹!

소면살왕의 단검이 혈강환의 저항을 뚫고 능위의 가슴을 파고들었다.

능위가 순간적으로 몸을 뒤로 물린 덕분에 다소 깊이가 얇았지만 그것만으로도 충분히 치명적이라 할 수 있었다.

능위의 가슴을 파고들었던 단검이 빠져나오고 단검을 따라 핏줄기가 뿜어져 나왔다.

이를 보는 소면살왕의 입가엔 승리의 미소가 지어져 있었다.

한데 바로 그 순간, 뒷걸음질치던 능위의 몸이 맹렬하게 회전하기 시작했다.

허공에 뿌려지던 핏줄기가 덩달아 회전을 하고 어느 순간,

붉게 물든 손이 그 핏줄기를 낚아채더니 소면살왕을 향해 뿌렸다.

"혈탄(血彈)!"

하나하나에 강기가 실린 핏방울이 소면살왕을 향해 날아갔다.

그 수가 수백, 수천이었다.

소면살왕이 할 수 있는 것이라곤 양팔을 미친 듯이 휘두르면서 호신강기를 극성으로 끌어올리는 것뿐이었다.

퍽! 퍽! 퍽!

핏방울이 소면살왕과 정면으로 부딪치기 시작했다.

상당수가 소면살왕의 손에 의해 막혔지만 그것 자체만으로도 소면살왕은 큰 타격을 입었다.

결국 몸이 흔들리며 방어막이 뚫리고 말았다.

핏방울이 소면살왕의 몸을 강타했다.

소면살왕의 몸이 마구 흔들렸다.

호신강기를 몸에 둘렀다고는 해도 폭발할 듯 맹렬히 부딪쳐오는 핏방울의 파도를 감당키 힘들었다.

"커흑!"

무리하게 내력을 끌어모아 호신강기를 펼치던 소면살왕의 입에서 피분수가 뿜어져 나왔다.

혼신강기가 약해지기 시작하자 핏방울이 더욱 거세게 그

를 몰아붙였다.

퍽! 퍽!

둔탁한 소리와 함께 소면살왕의 몸이 연거푸 뒤로 밀렸다.

쿵! 쿵! 쿵!

물러나는 소면살왕의 발이 땅바닥을 푹푹 파고들어갔다.

몸은 이미 능위가 날린 핏방울과 그가 흘린 피로 인해 말이 아니었다.

마침내 소면살왕을 난타하던 핏방울이 모두 사라졌다.

드러난 광경은 처참했다.

소면살왕은 처음 자리에서 무려 칠 장여를 밀려났고 그 흔적을 뭉개진 땅바닥이 증명하고 있었다.

전신은 이미 피투성이로 변해 버린 지 오래였고 입에선 거무죽죽한 핏물이 계속해서 흘러나오고 있었다.

"이, 이겼다."

떨리는 가슴으로 대결을 지켜보던 혈영노괴가 환희에 찬 음성으로 소리쳤다.

"노, 노야!"

소면살왕을 따라왔던 사내가 어쩔 줄을 몰라 하며 소면살왕을 부르짖었다.

자신만만하던 그의 표정은 이미 온데간데없고 겁먹은 쥐

새끼처럼 주변을 둘러보며 부들부들 떨고 있었다.

그 꼴이 보기 싫었던 것인지 아니면 능위의 위기에도 아무런 행동도 할 수 없었던 것이 화가 났던 것인지 조용히 모습을 보인 사암이 순식간에 그의 숨통을 끊어버렸다.

"크으으으."

혼탁한 신음과 함께 소면살왕이 힘겹게 중심을 잡았다. 그리곤 오만한 자세로 바라보는 능위에게 말했다.

"훌륭… 한 솜씨였다."

"살왕의 실력 또한 대단했소."

승자의 아량인 것인지 아니면 진심으로 감탄을 한 것인지 소면살왕을 대하는 능위의 태도에 살짝 변화가 왔다.

"그래 봤자 이 모양이지. 우웩!"

씁쓸히 웃던 소면살왕이 한참이나 피를 토했다.

"마지막에 쓴 무공이 무엇이냐?"

"혈탄."

"혈탄? 이름… 까지 무시무시하구나."

그 말을 끝으로 소면살왕의 신형이 급격하게 흔들렸다.

능위가 그를 향해 천천히 다가갔다.

확실하게 매듭을 지어주는 것이 자신의 목숨을 위협했던 상대에 대한 예의라 여긴 것이다.

그러나 채 두 걸음을 떼어놓기도 전 그는 걸음을 멈출 수밖에 없었다.

지난날의 치욕을 되갚고자 움직인 은환살문의 문주 풍도가 모습을 드러냈기 때문이었다.

第三十三章
패왕사(霸王祠)

앞에는 오강(烏江)이, 오강이 흘러들어가는 동쪽으론 대륙을 가로지르는 장강을 바라보고 세워진 패왕사(覇王祠).

천추세가의 추격대에 공격을 받다가 자우령 등과 겨우 합류한 유대웅 일행이 패왕사에 도착한 것은 정확히 한 시진 전이었다.

송유의 노력으로 겨우 정신을 차렸지만 여전히 목숨이 위험한 당학운과 한때 호전되던 모습을 보여주다 천추세가의 대장로 양조굉과의 싸움으로 또다시 심각한 부상을 입고 만 유대웅 때문에 일행은 더 이상 이동이 불가능했다.

몸을 피할 은신처를 찾아 헤매던 일행은 장강을 코앞에 둔 패왕사에 임시 거처를 꾸미게 되었다.

사실 안전을 위해선 적이 쫓기 힘든 깊은 산속이나 인적이 드문 곳이 더 안전하겠지만 어지간한 곳은 이미 적들의 시선을 벗어나기 힘들었고 그럴 시간도 없었다.

차라리 배수의 진을 칠 수도 있고 급하면 물길을 이용하여 도주할 수 있는 패왕사가 오히려 방어를 하기엔 더 용의했다.

패왕사에 도착한 즉시 팽윤은 패왕사 주변에 진법을 설치했다.

화산파에 머물고 있는 성운에 비할 바는 아니지만 그 역시 와룡숙 출신으로 진법에 대한 조예가 나름 깊었다.

패왕사 전체를 아우를 수 있는 막강한 진법을 펼치는 데는 실력면에서나 시간적으로 한계가 있을 수밖에 없었지만 그로선 자신의 능력껏 최선을 다해 진법을 설치했다.

또한 패왕사를 중심으로 닭이 알을 품는 형상으로 병력을 포진시키니 적이 패왕사를 공격하려면 밖의 병력을 몰살시키지 않고는 한 발자국도 접근할 수 없는 진영을 갖추었다.

하지만 아무리 최선을 다해 방비를 한다고 해도 추격해 오는 적의 규모와 실력을 알기에 여전히 부족하다는 것을 통감하고 있었다.

천추세가의 추격을 피해 지금껏 살아남은 사람의 숫자는

이제 겨우 백여 명에 불과했다.

자우령 일행이 합류를 해서 그 수가 다소 늘어났다고는 하지만 적에 비하면 터무니없이 적은 수였다.

희망이 있다면 유대웅을 구하기 위해 장강수로맹의 병력이 은밀히 다가오고 있다는 것. 예상대로라면 아침이 오기 전에 도착할 수 있겠지만 문제는 그때까지 버틸 수 있느냐는 것이었다.

"버텨야 되요. 반드시 버텨야 되요."

대답은 없었다.

대답을 들으려고 한 것은 아니나 엄습하는 불안감은 어쩔 수가 없었다.

시침을 준비하는 송하연의 얼굴에 잔 떨림이 일었다.

유대웅의 상세는 심각했다. 아니, 심각이라는 말을 쓰기에도 뭐할 정도로 위급했다.

최선을 다해 치료를 하고는 있으나 치료를 하기엔 모든 여건이 좋지 않았다.

내상을 다스릴 수 있는 약재도 없었고 적들이 언제 다시 공격을 해올지 몰랐다.

무엇보다 송유의 부상이 치명적이었다.

화타에 버금간다는 그의 의술이 있었기에 당학운이나 유

대웅이 지금껏 버틸 수 있었던 것이었는데 그 역시 부상을 당해 시침을 할 수가 없는 상황이었다.

성수의가에도 촉망받는 송하연이 최선을 다하고는 있었지만 그래도 송유의 침술에 비할 바가 아니었다.

"후우~"

유대웅의 전신에 시침을 마친 송하연이 이마를 타고 흐르는 땀방울을 닦으며 한숨을 내쉬었다.

"애썼다."

옆에서 송하연을 지켜보며 조언을 하던 송유가 힘들어하는 송하연을 위로했다.

"제대로 됐는지 모르겠어요."

"이만하면 훌륭하다. 차도가 있을지는 장담할 수 없으나 최소한 악화되는 것만은 막을 수 있을 게다."

"지금이라도 환혼금선단(還魂金仙丹)을 사용하면 치료가 가능하지 않을까요?"

송하연이 안타까운 표정을 지으며 말했다.

나직한 음성이었지만 표정엔 허락을 바라는 간절한 마음이 담겨 있었다.

"그건 안 된다. 환혼금선단이 한 줌의 숨결만 있으면 그 어떤 상황에서라도 목숨을 살릴 수 있는 희대의 명약이기는 하나 지금처럼 내부의 진기가 폭주하고 있는 상태에선 오히려 독이 될 수가 있어."

"금침대법과 함께 사용한다면 가능하지 않을까요?"

"네 실력으론 무리지 않느냐? 설사 가능하다 하더라도 성공을 하려면 환자가 어느 정도 의식을 회복하고 스스로 운기를 할 수 있어야만 해. 지금 상황은 그 어떤 조건도 만족하지 못한 상태고. 무엇보다 환혼금선단은 본가에서도 몇 개 남지 않은 보물이 아니더냐? 형님께서 하연이 너를 어여삐 여기셔서 특별히 하사를 하셨지만 그래도 함부로 사용해서는 안 된다."

"함부로는 아니잖아요."

송하연이 새쭉한 표정을 지으며 말했다.

"그, 그건 그렇구나."

당금 무림에서 유대웅이 차지하는 위치는 물론이고 송하연이 몇 번이고 그에게 목숨을 구함 받았다는 것을 알고 있던 송유는 송하연의 말에 고개를 끄덕일 수밖에 없었다.

"어쨌든 안 되는 것은 안 되는 것이다. 행여나 다른 생각을 해서는 안 될 것이야."

"……."

"하연아."

송유가 짐짓 엄한 눈초리로 바라보자 송하연이 기어들어가는 목소리로 대답했다.

"알았어요."

그러나 유대웅을 바라보는 그녀의 눈빛은 송유의 말에 전혀 수긍을 할 수 없다는 듯 반짝거리고 있었다.

*　　*　　*

남경에서 백여 리 떨어진 곳에 위치한 양산채(梁山寨).

수호령의 발동 이후, 병력의 이차 집결지라 할 수 있는 양산채에 장청이 도착한 것은 해사방이 장강으로 진입했다는 소식을 접하고 만 이틀이 지난 후였다.

장청은 양산채에 도착하기가 무섭게 회의를 소집했다.

"해사방이 남경에 도착했다는 것이 사실입니까?"

장청이 질문을 던졌다.

양산채로 향하는 내내 보고를 받았지만 정확한 사실을 확인하기 위함이었다.

사람들의 시선이 양산채주 모융(毛隆)에게 향했다.

모융이 자신에게 쏟아지는 시선을 기꺼워하며 입을 열었다.

"보고가 들어올 시점에 지근거리에 있다고 했으니 지금쯤 도착을 했을 겁니다."

이미 수많은 정보원을 깔아놓고 해사방의 움직임을 확실

하게 파악하고 있는 모융의 음성엔 자신감이 있었다.

"장강과 합류를 하는 오강을 중심으로 양산채와 남경 어느 쪽이 더 가깝습니까?"

"거리는 남경 쪽이 더 가깝습니다만 아무래도 물길을 거스르다 보니 시간으로 따지자면 비슷할 겁니다."

"그나마 다행이군요."

안도의 한숨을 내쉰 장청이 마독에게 고개를 돌렸다.

"맹주님은 어디에 정확히 어디에 계시는 겁니까?"

"패왕사라는 곳에 계시네."

"패왕사요?"

장청이 되묻자 모융이 다시 입을 열었다.

"오강이 바로 초패왕 항우가 죽은 곳입니다. 그의 죽음을 기리기 위해 사당을 만들었는데 바로 그곳이 패왕사입니다."

"패왕사라."

장청의 미간이 살짝 찌푸려졌다.

유대웅은 패왕과 유난히 인연이 많았지만 어째 이번만큼은 느낌이 별로 좋지 않았다.

'하필이면 패왕이 스스로 목숨을 끊은 곳이라니.'

장청은 자꾸만 불길한 생각이 떠오르자 신경질적으로 고개를 흔들었다.

"천추세가에선 우리가 이곳에 집결한 것을 정확하게 파악하고 있을 것입니다. 해사방이 장강에 진입한 것도 바로 우리의 움직임을 막기 위함이지요. 문제는 해사방뿐만이 아니라는 겁니다."

장청이 고개를 돌리자 그와 함께 양산채에 도착한 하오문의 우장로가 입을 열었다.

"천추세가는 맹주님께서 장강을 넘는 것을 가장 두려워하고 있습니다. 그것을 막기 위해 완벽하게 퇴로를 차단한 상태지요. 더불어 그들은 장강수로맹의 지원군을 막기 위해 상당한 병력을 동원했습니다."

"얼마나 됩니까?"

집법단주 금완이 물었다.

"확인된 인원만 오백이 넘소."

"확인된 인원만 오백이라면 훨씬 많은 인원이 동원되었을 가능성을 배제할 수 없겠군요."

"아마도 그러리라 보오."

"천추세가는 현재 각 지역에 흩어져 있는 여러 문파를 공격하고 있다고 알고 있습니다. 대체 어디서 그 많은 인원이 쏟아져 나온 것인지 모르겠습니다."

기린채주 좌교가 질렸다는 얼굴로 푸념을 늘어놓았다.

"안타깝게도 그들 대부분은 천추세가의 병력이 아니오."

좌교가 놀란 눈을 치켜떴다.

"예? 천추세가의 병력이 아니라면 대체 누가……."

"천추세가에 포섭되었거나 굴복한 자들이오. 무서운 것은 얼마나 많은 문파와 세가가 천추세가에 무릎을 꿇었는지 파악 자체가 되지 않는다는 것이오."

우장로의 말에 장청과 마독 등 몇몇을 제외하고는 회의에 참석한 이들 모두의 얼굴이 딱딱하게 굳었다.

"중요한 것은 바로 놈들의 이목을 피해 맹주님을 구하러 가야 한다는 겁니다. 맹주님을 구하기도 전에 그들과 싸움을 해야 한다면 피해는 피해대로 입고, 아니, 피해가 문제가 아니라 자칫 가장 중요한 맹주님의 안위가 위험해질 수가 있습니다."

장청의 말에 다들 심각한 표정으로 고개를 끄덕였다.

"하지만 그에 앞서 우선적으로 상대를 해야 하는 곳은 당연히 해사방입니다."

장청이 탁자 위에 펼쳐진 지도의 한곳을 주먹으로 꽝 치며 말했다.

"해사방은 우리를 견제하다가 여차하면 아예 장강을 접수하려고 수작을 부릴 것입니다. 처음부터 강하게 맞부딪쳐서 함부로 움직일 수 없도록 만들어야 합니다."

장청의 시선이 금완에게 향했다.

"해사방은 집법단주께서 맡아주셔야겠습니다."

"기꺼이."

금완이 주먹을 불끈 쥐며 대답했다.

"이곳에 모인 모든 수채들의 지휘권을 드리도록 하겠습니다. 해사방이 오강과 장강의 합류지까지 절대로 올라오지 못하도록 하셔야 합니다."

"맡겨두게나."

"유성대주."

장청의 부름에 유성대주 감온이 자리에서 일어났다.

"예. 군사님."

"유성대의 병력을 절반으로 나누어서 집법단주님을 지원하도록 하세요."

"그리하겠습니다."

감온이 명을 받고 자리에 앉았다.

유성대의 지원이 있을 거라는 소리에 각 채주의 얼굴이 밝아졌다. 지난날 녹수맹과의 싸움에서 유성대가 어떤 위력을 발휘하는지 너무도 똑똑히 보았기 때문이었다.

"그리고……."

잠시 머뭇거리던 장청이 결심을 굳혔는지 무거운 얼굴로 말을 이었다.

"그 물건들도 사용토록 하지요."

"그 물건?"

반문하던 금완의 얼굴이 갑자기 굳어졌다.

"혹 화포를 말함인가?"

"예."

"무리가 아닐까? 자칫하면 관부의 개입을 불러올 수 있는 문제일세."

금완이 놀란 얼굴로 물었다.

"그 정도는 각오해야지요. 관부와의 문제는 어떻게든 무마시킬 수 있습니다. 나중에 자진해서 내어놓더라도 이번 기회에 사용을 하도록 하지요. 해사방 놈들과는 어차피 양립할 수 없고 또 놈들이 화포를 지니지 않았다는 보장도 없으니까요."

"흠, 그도 그렇군. 알았네. 기왕 사용할 것이라면 아주 화끈하게 써먹도록 하지."

금완의 말에 곳곳에서 웃음이 터져 나왔다.

웃음이 잦아들 즈음 장청이 마독에게 공손히 말했다.

"염치없지만 장로님께서 이번 계획에서 가장 힘들고 위험한 일을 맡아주셨으면 합니다."

"군사라는 자리가 원래 염치가 없어야 잘하는 법이지."

가볍게 농담을 던지는 마독이 미소를 머금으며 물었다.

"내가 해야 할 일은 무엇인가?"

장청의 손가락이 지도 위, 장강의 물줄기를 따라 쭈욱 이동했다.

"장강에서 맹주님의 퇴로를 막고 동시에 우리를 견제하고 있는 병력을 유인하셔야 합니다."

"음, 미끼가 되라는 말이군. 확실히 쉽지 않은 일이야."

"예. 적진 한가운데로 뛰어들어야 하기 때문에 피해도 많이 발생할 것입니다."

장청의 말이 끝나기가 무섭게 걸걸한 음성이 터져 나왔다.

"그건 본좌가 맡도록 하지."

황호대주 호태악이었다.

장청의 이마에 주름이 잡혔다.

꽤나 오랜 시간을 함께했지만 참으로 적응이 안 되는 음성이요, 말투였다.

"괜찮겠습니까? 많은 희생이 따를 겁니다."

"누가 해도 희생은 따르겠지. 누군가 해야 한다면 우리 황호대가 적격이야. 본좌를 닮아서 실력도 제법이고 참으로 거친 녀석들만 모여 있거든. 아마도 미쳐 날뛸 수 있을 거다."

마음 같아서 호태악의 말을 확 무시해 버리고 싶었지만 그럴 수가 없었다.

장강수로맹에서 가장 뛰어난 이들은 맹주를 호위하는 호천단이었고 다음이 백호대와 황호대였다.

적호대와 흑호대, 단심대 또한 피나는 훈련 덕에 많은 발전이 있었지만 백호대와 황호대와 비교해 보면 아직 부족한 점이 많았다.

특히 황호대는 대주 호태악의 성격을 고려하여 성격적으로 다소 거칠고 열혈의 기질을 지닌 대원들을 많이 배치했는데 그런 점에 있어서 이번 작전에 제격이었다.

"부탁드리겠습니다."

장청이 정중히 고개를 숙였다.

늘 자신을 하찮게 바라보던 장청이 평소와는 다른 행동을 하자 호태악은 크게 웃음을 터뜨렸다.

"크하하하! 맡겨만 달라고. 확실히 휘젓고 다닐 테니까."

회의장에 모인 채주들은 맹주만큼이나 상대하기 어려운 장청을 아랫사람 대하듯 하는 호태악의 호기로운 모습에 웃음을 감추지 못했다.

언제 보아도 흥미로운 광경이었다.

"우장로님의 말씀대로라면 장강에 꽤나 많은 병력이 배치되어 있네. 아무래도 황호대만으론 버거울 것 같군."

마독의 말에 장청이 동의를 했다.

"황호대가 적진을 휘젓고 다니는 사이 적호대로 하여금 그들의 후방을 지키게 할 생각입니다."

"좋은 생각이군. 파괴력 면에선 황호대가 월등하지만 진형을 구축하고 단단히 지키는 쪽이라면 적호대를 당할 수가 없지. 창과 방패의 역할을 하면 되겠군."

마독이 흡족한 미소를 짓고 다른 이들 또한 고개를 끄덕였다.

"적호대주."

하백이 자리에서 일어났다.

"예. 군사님."

"황호대를 부탁합니다."

"명을 받들겠습니다."

하백이 정중히 허리를 숙였다.

"어이! 누가 누구를 부탁한다는 거야?"

호태악이 발끈하여 소리를 언성을 높이자 단혼마객 설진건이 나직이 말했다.

"앉아."

순간, 호태악은 꿀 먹은 벙어리처럼 아무 말도 하지 못하고 자리에 앉았다.

믿을 수 없는 광경에 회의장에 모인 대부분의 사람이 두 눈을 끔벅거렸다.

호태악이 누구던가?

천상천하유아독존(天上天下唯我獨尊)에 쓸데없는 자부심과 자신감이 하늘을 찌르는 안하무인(眼下無人)의 대명사였다.

맹주와 군사는 물론이고 자우령과 뇌우까지 고개를 설레

설레 흔들게 만든 그가 단혼마객의 한마디에 꼬리를 말 것이라고 생각한 사람은 단언컨대 아무도 없었다.

하지만 그건 생사림에서 호태악이 단혼마객에게 당하는 것을 보지 못한 사람이나 할 수 있는 생각이었다.

낙성검문과의 싸움 이후, 미완의 대기라 할 수 있는 호태악에서 무궁무진한 가능성을 발견한 단혼마객은 그야말로 쥐 잡듯이 호태악을 다그치기 시작했다.

매일 이어지는 실전과 같은 비무에 피투성이가 되어 일쑤였고 먹는 것은 물론이고 잠자는 것, 옷 입는 것, 심지어 숨쉬는 것까지 일일이 통제를 당했다. 이를 참지 못한 호태악이 미친 척 반발을 해보기도 했지만 그때마다 처절한 응징을 당할 뿐 변하는 것은 아무것도 없었다.

그렇지만 무조건 다그치기만 한 것은 아니었다.

단혼마객은 호태악이 익히고 있는 괴존쌍부의 무공을 철저하게 파고들었다.

괴존쌍부의 무공이 지닌 장점은 무엇이고 약점은 무엇인지 수없이 연구를 했고 혼자 생각하다 막히는 것이 있으면 장강무적도와 자우령 등에게 조언을 구하는 것을 마다치 않았다.

그런 노력을 바탕으로 단혼마객은 호태악의 무공을 극대화시킬 수 있었고 괴존쌍부를 능가하는 괴물로 키워냈으니 비록 죽을 고생을 하긴 했어도 호태악 또한 단혼마객을 내심 사부처럼 여기고 있었다.

물론 온몸 구석구석까지 보듬어준 단혼마객의 손속을 더욱 두려워하는 것이었지만.

장청이 찍소리도 못하고 자리에 앉는 호태악을 보며 고소하다는 표정을 지으며 말을 이어갔다.

"설 호법께선 맹주님을 구하셔야 합니다."

"음."

단혼마객의 입에서 묵직한 신음이 흘러나왔다.

"투입되는 병력은 당연히 호천단과 백호대입니다."

이석과 조건이 조용히 일어나 허리를 꺾었다.

"흑호대와 단심대 또한 움직입니다."

자신들만 외면당하는 것은 아닌지 걱정하고 있던 흑호대주와 단심대 부대주의 얼굴이 활짝 폈다.

"호법들께서도 움직여 주십시오."

장청의 말에 태상호법 뇌우를 대신하여 호법전을 이끌고 있는 백미옹(白眉翁) 하연백(河演柏)이 흔쾌히 고개를 끄덕였다.

"알았네. 그리하지. 이제야 밥값을 하겠군그래."

하연백은 장강수로맹의 호법이 된 후, 처음으로 그럴듯한 활약을 하게 되었다고 여겨서 그런 것인지 약간은 들뜬 모습이었다. 그건 주변에 있는 몇몇 호법 또한 다르지 않았다.

장청은 그런 호법들의 모습에 뭐라 말을 하려다 마독의 눈짓을 받고 입을 다물었다.

"맹주님을 구하는 병력은 철저하게 위장을 해야 합니다. 준비는 되었습니까?"

장청의 물음에 모융이 얼른 대답했다.

"세 척의 상선을 확보해 두었습니다. 각 수채의 배들이 해사방을 공격하기 위해 움직이고 황호대가 적의 시선을 빼앗으면 무사히 오강에 진입을 할 수 있을 것입니다."

"그러기 위해선 반드시 필요한 작업이 있지요."

장청이 하오문의 우장로에게 고개를 돌렸다.

"장강에 포진되어 있는 놈들의 정보 요원들을 철저하게 괴멸시켜 아예 장님으로 만들어 버려야 합니다."

"이미 시작되었을 걸세. 은영문의 살수들이 나서 주었으니 모두 죽은 목숨이지."

우장로와 마독이 서로를 바라보며 미소 지었다.

"그럼 바로 시작하……."

"잠시만."

금완이 장청의 말을 끊었다.

"하실 말씀이라도 있는 겁니까?"

"뇌하 어르신은 어디에 계시는가? 생사림에서는 떠나신 것으로 아는데.”

장청이 쓴웃음을 지으며 고개를 흔들었다.

“솔직히 저도 잘 모르겠습니다.”

“걱정하지 말게나. 워낙 바람 같은 분이시라 그렇지. 지금이 상황을 모르시진 않을 걸세.”

마독의 말에 단혼마객이 고개를 끄덕였다.

“어쩌면 이미 도착을 하셨을지도 모르고. 내색은 하지 않으시지만 증손자는 아주 끔찍하게 아끼시니까.”

“그랬으면 얼마나 좋을까요? 천군만마가 따로 없을 텐데요. 아무튼 바로 시작하도록 하겠습니다. 시간이 없습니다. 최대한 서둘러 움직여 주십시오.”

“명을 받듭니다.”

장청이 명을 내리자 회의장에 모인 이들은 양산채가 떠나가라 대답을 했다.

일사분란하게 움직이는 이들을 지켜보다 회의장 밖으로 나온 장청이 패왕사가 위치한 동북쪽 하늘을 응시했다.

‘형님.’

장청이 자신도 모르게 주먹을 쥐었다.

* * *

“달이 밝군요.”

한호가 휘영청 밝은 보름달을 바라보며 말했다.

“역사적인 밤이 될 것입니다.”

소숙이 한호의 빈 잔에 술을 따르며 말했다.

“그렇겠군요. 오늘밤이라고 했던가요?”

“예. 무당파, 항산파, 황보세가 그리고 장강수로맹의 맹주 또한 새벽이 오기 전 사람들의 기억 저편으로 사라지게 될 것입니다.”

“참으로 공교롭군요. 마치 꾸민 것처럼 모든 일이 오늘밤에 맞춰지다니요.”

한호가 소숙이 건넨 술잔을 받아 들며 웃었다.

“이 사부도 예상치 못한 일이었습니다. 모사재인(謀事在人) 성사재천(成事在天)이라. 이 사부가 계획을 세우기는 했습니다만 결국 모든 일은 하늘에서 주관하는 모양입니다.”

“흠, 그도 그런 것 같군요. 계획대로라면 무당파는 이미 사흘 전 쑥대밭이 되었어야 했습니다.”

“난데없는 폭우로 인해 단강(丹江)이 범람할 줄 누가 알았겠습니까? 무당파를 코앞에 두고 발걸음이 묶였을 천검의 표정이 어떠했을지는 보지 않아도 훤합니다.”

“흐흐흐! 모르긴 몰라도 발만 동동 굴렀을 겁니다. 또 모르지요. 그 고지식한 성격에 강을 건너려고 시도를 했을지

도요."

"미치지 않고서야 설마 그럴 리야 있겠습니까?"

가볍게 웃어넘기던 소숙이 잠시 멈칫하더니 진지하게 고개를 끄덕였다.

"그놈은 그랬을 수도 있을 것 같습니다."

"시간이 지체된 것을 보니 강물이 줄기를 기다렸거나 실패를 했거나 둘 중 하나겠지요. 어쨌든 오늘 밤이 지나면 무림은 또 한 번의 공포를 맛보게 될 것입니다."

한호는 불사완구의 위력에 어쩔 줄 몰라 하며 무너지는 무당파를 상상하며 기분 좋게 술을 들이켰다.

"성세가 저물어가는 항산파도 큰 문제는 없을 것이고 황보세가가 조금 저항을 하겠지만 용천방과 구룡상회의 힘이라면 얼마 버티지 못할 것입니다. 문제는 바로 장강수로맹이지요."

생각만으로도 골치가 아픈지 소숙이 관자놀이를 꾹꾹 눌렀다.

"장강수로맹의 움직임이 심상치 않다는 소리는 들었습니다."

"예. 양산채라고 남경 인근에 있는 수채에 장강수로맹에 속한 거의 모든 수채가 집결하여 있습니다."

"수채가 하나둘이 아닐 텐데 그 위세가 대단하겠군요."

말은 그리해도 한호는 가소롭다는 표정을 지우지 못했다.

"그렇게 우습게 볼 일은 아닙니다. 물론 대다수가의 수채들이 다 그런 것은 아닙니다만 몇몇 수채의 힘은 어느 문파와 비교해도 부족하지 않습니다. 하지만 장강수로맹의 진정한 힘은 군산에 있습니다. 특히 백호, 황호, 흑호, 적호, 단심, 유성대라 불리는 전투단의 힘이 상당합니다."

"기억합니다. 낙성검문과 해사방이 바로 그놈들에게 당했지요."

"그것이 이미 몇 년 전의 일입니다. 그 이후, 얼마나 강해졌는지 알 수 없습니다."

소숙의 심각한 표정이 좀처럼 펴지지 않자 한호가 너털웃음을 지으며 물었다.

"하하! 이거야 원. 설마하니 사부께서 수적들을 두려워하실 줄은 몰랐습니다."

소숙이 발끈해서 소리쳤다.

"두려워하는 것이 아니라 수하들의 피해가 클까 걱정해서 그렇습니다. 그러기에 처음부터 유대웅을……."

"제가 잘못했다 하지 않았습니까?"

한호가 얼른 말을 잘랐다.

"아무튼 그래서요. 누가 그들을 상대하는 겁니까?"

소숙은 능청스럽게 말을 돌리는 한호를 살짝 째려봤다.

"유대웅이 패왕사에 머물고 있는 것은 아실 겁니다."

"예. 보고를 받았습니다. 쯧쯧, 하필이면 머물러도……."

소숙은 혀를 차는 한호를 외면하고 말을 이었다.

"확인된 바로는 유대웅의 부상이 상당히 심각합니다. 자우령 등이 합류를 했음에도 도주를 멈추고 패왕사에 머물게 된 것도 바로 그의 부상 때문이고요."

순간, 한호의 얼굴에 아쉬움이 스쳐 지나갔다.

"놓칠 수 없는 좋은 기회입니다. 잠시 물러났던 양조굉 장로를 비롯하여 때마침 사방에서 포위망을 구축하며 그들을 쫓던 이들까지 모조리 합류를 했습니다."

"철검서생도 그들을 쫓는다고 하던데 부상은 다 나은 것입니까?"

소숙이 껄껄 웃으며 대답했다.

"가장 독이 오른 사람이 바로 철검서생입니다. 이틀 밤낮을 독과 싸웠다고 하더군요. 놈들이 가장 두려워해야 할 상대일 것입니다."

"잘됐군요. 철검서생의 가장 큰 문제는 마음이 독하지 못하다는 겁니다. 그게 무공에까지 영향을 끼치고 있지요. 만약 사부님의 말씀대로 독한 마음을 품고 싸움에 임할 수만 있다면 아마도 한 단계 도약하는 계기가 될 수 있을 겁니다."

"처음부터 놈들을 쫓았지만 번번이 놓치고 만 섬전귀나 파옥권 등도 이를 부득부득 갈고 있습니다. 그들 이외에도 많은 문파에서 병력들을 보내왔고요. 놈들이 빠져나갈 방법은 없습니다."

"장강수로맹이라는 변수가 있지 않습니까?"

"물론 지원병력을 보내긴 하겠지만 해사방 때문에라도 전력을 다하진 못합니다. 또한 장강수로맹의 지원병력을 차단하기 위해 그들이 이동할 수 있는 모든 경로에 병력들을 배치해 두었습니다."

"방금 전 사부께서 장강수로맹의 힘이 상당하다 하지 않았습니까? 감당할 수 있을는지요?"

"장강에 깔린 병력의 수가 천에 육박합니다. 게다가 그들의 임무는 싸워서 이기는 것도 아닙니다. 그저 장강수로맹의 지원 병력의 움직임을 지체시키는 것만으로 충분합니다. 또한 패왕사에 있는 유대웅과 자우령, 뇌우만 확실히 잡을 수 있다면 장강수로맹은 본가의 대업에 큰 위협이 되지 못합니다."

"기대가 되는군요. 과연 유대웅이란 친구가 이 위기를 벗어날 수 있을지 없을지를요."

"오늘 밤, 패왕사에서 뼈를 묻을 것입니다. 과거 패왕이 그랬던 것처럼."

소숙이 단호히 말했다.

"그럴까요? 이 제자의 느낌으론 어째 오래오래 두고 볼 것 같습니다만. 물론 그런 일은 없어야겠지만요."

소숙의 표정이 확 바뀌는 것을 본 한호가 얼른 말을 바꿨다.

"그나저나 제게 허락을 얻으셔야 할 일은 무엇인지요? 전권을 맡긴 것으로 기억하는데요."

"군림대를 움직였으면 합니다."

미소가 감돌던 한호의 얼굴에 웃음이 사라졌다.

천추단이 장군총의 재력을 바탕으로 한호와 소숙이 새롭게 육성한 전력이라면 군림, 위진, 천하대는 대대로 본가를 위해 목숨을 바쳐온 자들이었다.

특히 비교적 나이가 어린 위진, 천하대에 비해 군림대는 평균 나이가 사십이 훌쩍 넘은 이들로 구성되었는데 숫자는 백 명에 불과하지만 그들이 지닌 힘은 위진대와 천하대를 합친 것보다 더욱 막강했다.

이유는 간단했다.

위진대와 천하대에서 최고의 실력을 지닌, 그리고 경험을 충분히 경험을 쌓은 후에야 비로소 군림대에 소속될 수 있었기 때문이었다.

그만큼 막강한 힘을 지니고 있기에 군림대는 오직 가주의 명에 의해서만 움직인다.

예외는 없었다.

그 어떠한 이유가 있다고 하더라도 그들을 움직이기 위해선 가주가 직접 명을 내리는 방법뿐이었다.

군림대라는 이름이 지닌 무게는 그만큼 무거웠다.

"이유를 여쭤도 되겠습니까?"

"혈사림을 공략할 생각입니다."

생각밖의 대답이었는지 한호가 두 눈을 동그랗게 떴다.

"혈사림을요?"

"예."

"혈사림은 이쪽의 일이 대충 정리가 된 다음에 치기로 하지 않았습니까?"

"그럴 필요가 없어졌습니다."

"그럴 필요가 없어졌다면……."

짐작 가는 바가 있었다.

"혈사림주에게 무슨 일이 생긴 것이군요."

소숙이 환하게 웃었다.

"그렇습니다."

"조금 의외입니다. 소면살왕이 뛰어난 실력을 지니고 있는 것은 압니다만 능위가 그리 쉽게 당할 인물이 아닌데요."

"패한 것은 소면살왕이었습니다. 그 과정에서 능위도 상당한 부상을 입었지만 풍도가 등장하지 않았으면 소면살왕은 그 자리에서 목숨을 잃었을 것입니다."

한호가 깜짝 놀라 되물었다.

"풍도가 그곳에 있었다는 말입니까?"

"예. 아마도 일전에 당한 일에 대한 복수를 하기 위함인 듯한데 어찌나 어이가 없던지요. 결과적으로 최상의 결과를 얻기는 했지만요."

소숙이 고개를 절레절레 흔들었다.

"하면 혈사림주는 어찌 되었습니까? 풍도에게 목숨을 잃은 것입니까?"

"그건 아닙니다만 단전이 망가지는 치명상을 입고 도주를 했다고 합니다."

"단전이라면……."

"예. 사실상 끝장난 것이나 다름없다고 봐야겠지요."

"쯧쯧, 그래도 한번 겨뤄보고 싶은 상대였건만."

능위가 당했다는 말에 한호는 혈사림을 쉽게 공략할 수 있게 되었음을 기뻐하는 것이 아니라 그와 대적을 할 기회가 사라졌음을 아쉬워했다.

"혈사림주가 사라진 이상 혈사림을 공략하는 일이 생각보다 쉬워졌습니다. 지금이야 인면호리를 상대하기 위해 똘똘 뭉쳐 있지만 혈사림주가 쓰러졌다는 것을 알면 저마다 혈사림을 차지하기 위해 혈안이 될 것입니다. 이 틈에 군림대를 보내 인면호리를 지원한다면 혈사림을 손쉽게 장악할 수 있을 겁니다."

"좋은 생각입니다. 알겠습니다. 군림대를 보내도록 하지요."

"감사합니다, 가주."

"잘되었습니다. 앞으로를 위해서라도 군림대도 실전 감각을 회복할 때도 되었지요. 그 인간들 그동안 너무 놀고먹었어요. 하하하!"

한호가 기분 좋은 웃음을 터뜨렸다.

그 웃음소리를 들으며 소숙은 중상을 당한 소면살왕의 처리에 잠시 고민했다.

'지금 바로 보고를 드릴 필요는 없겠지. 결과가 좋으면 나중에 자연적으로 아시게 될 테니까.'

다른 사람이라면 함부로 숨길 수 없는 일이었으나 소면살왕이기에 가능했다.

무림십강의 일원임에도 한호는 무자비한 살인을 일삼는 소면살왕을 그다지 마음에 들어 하지 않았다. 아니, 단순히 마음에 들어 하지 않는 수준을 넘어 경멸을 했다.

'성공만 한다면 멋진 선물이 될 것입니다, 가주.'

소숙의 입가에 의미심장한 미소가 지어졌다.

*　　*　　*

"패왕사입니다."

위진대주 한절의 말에 양조광이 묵묵히 고개를 끄덕였다.

얼마 전에 당한 치욕적인 패배를 떠올리는 그의 눈에 살기가 깔렸다.

지난 며칠 동안 유대웅의 뒤를 쫓느라 고생이 심했던 파옥권과 섬전귀 등의 반응도 양조광과 다르지 않았다.

"놈들의 움직임은 어떠하냐?"

"취운각에서 확인한 대로 유대웅의 부상이 심각한 것 같습니다. 패왕사에 도착한 이후, 다른 어떤 움직임도 보이지 않고 있습니다. 아, 팽윤이라는 자가 패왕사 곳곳에 진법을 설치한 흔적이 있다고 했습니다."

"그 영악한 놈이!"

유대웅 일행을 추격하는 동안 팽윤의 기지에 꽤나 농락을 당한 섬전귀가 이를 부득 갈았다.

"상관없다. 그따위 진법은 문제가 될 수 없으니까. 그렇지 않더냐?"

"예."

한절이 간단히 대꾸했다.

"문제는 생각 외로 고수가 많다는 것이다. 일도파산과 영사금창, 고독검마, 마황성의 후계자로 알려진 적우에 청우, 아, 놈이 화산검선의 제자라고 했더냐?"

"그렇습니다."

"황하련의 수적 놈까지. 병력은 부족해도 다들 만만치가 않아. 녹림십팔채의 노물들이 도착하지 않았으면 우리 아이들의 피해가 클 뻔했어."

양조광이 그들과 조금 떨어진 곳에 자리하고 있는 녹림십팔채의 병력을 힐끗 바라보며 말했다.

"설마하니 녹림십팔채에서 음양쌍괴(陰陽雙怪)와 비마(飛馬), 오독마녀(五毒魔女)까지 보낼 줄은 몰랐습니다."

녹림십팔채의 핵심 수뇌들의 등장에 섬전귀는 아직도 놀라움을 감추지 못했다.

비마와 오독마녀는 둘째치고 음양쌍괴는 무림십강에 비견될 정도로 강한 괴물들이었기 때문이다.

"제대로 대접을 받고 싶은 것이지. 총채주의 나이가 그다지 많다고 하지 않던데 판단력이나 정세를 보는 눈이 상당히 뛰어나. 하긴 그만하니까 녹림십팔채를 쥐고 흔드는 것이겠지만."

양조광은 그런 총채주를 단숨에 꺾어버리고 녹림십팔채를 휘하에 둔 한호의 능력에 다시금 뿌듯한 마음이 들었다.

"철검서생은 어디까지 왔다고 하던가?"

양조광이 잔뜩 미간을 찌푸리고 있던 섬전귀에게 물었다.

"일각 이내에 도착을 할 겁니다."

"당가의 독이 독하긴 독한 모양이군. 천하의 철검서생을 그 지경까지 이르게 만들다니 말이야."

"그래도 생각보다는 빠르게 회복한 것 같습니다."

파옥권이 덧붙였다.

"독에 중독된 것을 제외하고는 큰 부상이 없었으니까. 뭐, 그 독이 워낙 지독하기는 했지만."

"독을 사용한 당학운도 사경을 헤매다 이제 겨우 정신을 차렸다고 하니 피장파장인 셈이지."

양조광의 말에 섬전귀가 고개를 흔들었다.

"일수비천의 명성이 대단하긴 해도 철검서생에 비하겠습니까? 철검서생이 들으면 서운해하겠습니다."

"흠, 그도 그렇군. 큰 실수를 할 뻔했어."

양조광은 무림십강의 일인인 철검서생의 지위를 너무 쉽게 생각했다는 것을 인정했다.

"그런 의미에서 공격은 그가 도착을 하면 시작하는 것으로 하지."

"좋은 생각입니다."

파옥권과 섬전귀가 동시에 찬성을 했다.

"곧 공격이 시작될 것 같다는구나."

송유의 말에 송하연의 눈동자가 급격히 흔들렸다.

"버틸 수 있을까요?"

"글쎄다. 그랬으면 좋겠지만 과연……."

송유는 차마 말을 잇지 못했지만 굳이 말을 하지 않아도 송하연 역시 상황이 몹시 좋지 못하다는 것을 알고 있었다. 그래도 일말의 기대를 품고 있는 것은 현해 패왕사에 머물고 있는 이들이 무림에서 손꼽히는 고수들이라는 것과 장강수로맹의 지원군이 곧 도착하리라는 믿음이었다.

당학운의 상세를 살피던 송유가 자리에서 일어났다.

"할아버지."

"잠시 다녀오마. 상황이 어찌 돌아가는지 확인을 해봐야겠다. 부상자들의 상처도 살펴보고."

"부상자들은 제가……."

"되었다. 이들처럼 위중한 상태라면 몰라도 가벼운 부상 정도는 살필 수 있다. 너는 이들을 지켜야지."

송유가 패왕사 내부에 머물고 있는 환자들을 가리키며 말했다.

환자는 당학운과 유대웅뿐만이 아니었다.

움직일 수 있는 사람은 모조리 밖에서 적과 대치 중이었지만 그렇지 못한 자들은 몇몇은 유대웅과 마찬가지로 패왕사

내부에서 죽은 듯 누워 있었다.

동료이자 의원으로서 송하연은 그들을 돌볼 의무가 있었다.

“예. 염려 말고 다녀오세요.”

손녀의 믿음직한 모습에 흡족한 미소를 지은 송유가 막 밖으로 나갈 때였다.

갑자기 천지를 뒤흔드는 거대한 폭음과 함께 엄청난 진동이 느껴졌다.

연이은 폭발음에 패왕사 내부에 있던 집기가 마구 쓰러지고 쩍쩍 갈라진 천장에서 흙먼지가 우수수 쏟아졌다.

송하연은 금방이라도 무너질 듯한 패왕사를 보며 불안에 떨었지만 다행히 더 이상의 폭발음은 들려오지 않았다. 대신 살기로 가득 찬 거대한 함성이 그 자리를 대신했다.

‘할아버지.’

송하연이 걱정스런 눈길로 송유가 사라진 출입문을 바라보았다.

“진법이 무너졌습니다.”

상관화의 말에 팽윤이 입술을 꽉 깨물었다.

“뇌화문에서 나선 모양입니다. 그래도 조금은 버틸 줄 알았는데 이토록 쉽게 무력화될 줄은 몰랐습니다.”

팽윤이 허탈한 표정으로 고개를 흔들었다.

뇌화문이 천추세가의 가신이라는 것이 알려졌을 때 어느 정도 각오는 했지만 뇌화문에서 만든 화기의 위력은 모든 이들의 생각을 뛰어넘을 정도로 막강한 위력을 자랑했다.

"쳇! 당가의 식솔들이 없는 것이 아쉽군. 이럴 때 놈들에게 독이라도 듬뿍 안겨줬으면 좋았을 것을."

뇌우가 혀를 차자 조금 떨어진 곳에 있던 당령이 쓴웃음을 지었다.

"진법에 하독을 했습니다만 저런 상황이라면 쓸모가 없을 것 같아요."

"이런! 네가 있다는 것들 잊고 있었다니. 미안하다. 노부가 실수를 했구나."

당령을 알아본 뇌우가 민망한 얼굴로 사과를 했다.

"쯧쯧, 그러게 조심을 했어야지. 뻔히 옆에 있는 사람을 몰라봤으니. 그것도 저렇게 예쁜 아이를 말이야."

자우령의 핀잔에 정작 얼굴이 빨개진 사람은 당령이었다.

곳곳에서 웃음이 터져 나왔다.

팽윤이 자우령과 뇌우를 보며 감탄한 표정을 지었다.

적들의 발걸음을 조금이라도 늦출 것이라 예상했던 진법이 순식간에 무너진 지금, 착 가라앉을 뻔한 분위기가 자우령과 뇌우 덕에 다시금 살아난 것이다.

그 웃음이 끝나고 사방을 뿌옇게 만들었던 흙먼지가 가라앉을 즈음 철검서생을 필두로 한 천추세가의 병력이 모습을 드러냈다.

"철검… 서생."

철검서생을 알아본 청우의 표정이 딱딱하게 굳어졌다.

당학운의 희생으로 겨우 전열에서 이탈시킨 철검서생이 다시금 전면에 모습을 드러낸 것이다.

이는 심각한 문제였다.

누가 뭐라 해도 철검서생은 무림십강의 한 사람.

피아를 떠나 패왕사에 모인 이들 중 그보다 강하다고 할 수 있는 사람은 아무도 없었다.

"일수비천 선배의 모습이 보이지 않는군."

철검서생이 전체적으로 쓰윽 훑어보며 말했다.

아무도 입을 열지 않았다.

당학운의 부상이 심하다는 말을 굳이 할 필요가 없다는 생각이었지만 그는 이미 짐작하고 있는 듯했다.

"어쨌든 빚은 갚아야겠지."

철검서생이 검을 치켜 올렸다. 그러자 그를 상대하기 위해 자우령이 앞으로 나섰다.

"그대가 철검서생인가?"

"누구시오?"

"자우령이라 하네."

"일도파산!"

철검서생이 놀란 눈으로 자우령을 바라보다 이내 고개를 끄덕였다. 자우령의 전신에서 뿜어져 나오는 기운을 제대로 간파한 것이다.

'강하군.'

느낌상 결코 자신의 아래가 아니었다.

철검서생이 가볍게 심호흡을 했다.

짜릿한 전율감이 전신을 지배했다.

"자리를 옮기는 것이 어떤가? 아무래도 이곳에선 제 기량을 마음껏 펼칠 수 없을 것 같으니."

자우령이 주변을 둘러보며 말했다.

"그러지요."

동의를 표한 철검서생이 패왕사 우측의 공터로 천천히 이동을 했다.

기습 따위는 안중에도 없다는 듯 터벅터벅 걷는 철검서생이나 애도를 어깨에 툭 걸치고 뒤따르는 자우령의 걸음엔 확실히 강자로서의 여유가 있었다.

물끄러미 그들을 바라보던 양측의 고수들 또한 자신의 상대를 가늠하고 있었다. 철검서생이나 자우령처럼 따로 움직이지는 않았지만 서로를 노려보는 눈빛에선 그야말로 불꽃이

튀었다.

"굳이 말을 할 필요는 없을 것 같군."

양조굉이 싸늘히 웃으며 말했다.

"어차피 항복할 상대도 아니거니와 우리 또한 포로도 필요 없다. 모조리 쓸어버려라."

양조굉의 명이 떨어지기가 무섭게 가장 앞서 돌진한 이들은 자우령 등에게 절반의 동료를 잃은 열화기였다.

조성하 대신 열화기를 이끌고 있는 부기주 전총은 그 누구보다 앞장서서 수하들을 이끌고 있었다.

하지만 동료들에 대한 복수심과 더불어 큰 공을 세우겠다는 탐욕은 그에게 치명적인 결과를 가져왔다.

절대적인 병력의 열세에서 무조건 기선을 제압해야 한다고 여긴 팽윤은 싸움이 시작되기 전부터 뇌우와 청우에게 은밀히 당부를 했다.

상대가 누가 나서든 간에 최대한 빨리 격살을 해야 한다고.

그다지 마음에 들지 않는 부탁이었지만 상황의 심각성을 알기에 청우와 뇌우는 거절하지 않았다.

전총을 향해 청우가 검을 뿌렸다.

매화십이검 중 풍기매화란 초식이었다.

전총이 비록 약한 인물이 아니었지만 청우에 비할 바는 아니었다. 더구나 매화십이검은 화산검선이 심혈을 기울여 만든 검법. 단 한 번의 공격에 어쩔 줄을 몰라 하며 뒷걸음질쳐야 했다.

바로 그때, 뇌우가 던진 장창이 엄청난 파공성과 함께 전총을 향해 날아들었다.

양조굉 등이 깜짝 놀라 전총을 구하려 하였으나 그들이 움직이려 할 땐 이미 모든 상황이 끝나 있었다.

"커흑!"

엄청난 회전이 걸린 장창에 가슴이 훤하게 뚫려 버린 전총은 외마디 비명과 함께 그대로 숨이 끊어지고 말았다.

우아하게 회전을 하며 돌아오는 장창을 낚아챈 뇌우가 호기롭게 외쳤다.

"다음."

"기고만장하는구나!"

섬전귀 번창이 땅을 박차며 달려 나왔다. 그런 번창을 보며 뇌우가 비릿한 웃음을 지었다.

"기고만장? 자신감이다. 네놈의 목숨은 노부가 접수하마."

뇌우와 번창이 거칠게 격돌하기 시작했다.

"우리의 승부도 아직 끝나지 않았던 것으로 기억하는데."

장로 염단이 원진 도장을 바라보며 말했다.

원진 도장의 얼굴이 확 구겨졌다.

승부가 끝나지 않은 것은 사실이지만 염단의 상대가 될 수 없음은 원진 도장 스스로가 너무 잘 알고 있었다.

그렇다고 화산파의 문주로서 도전을 피할 수도 없는 곤란한 상황인지라 뭐라 대꾸하지 못할 때 이를 지켜보던 청우가 원진 도장을 대신해 앞으로 나섰다.

"제가 상대해 드리지요."

"그렇군. 자네를 잊고 있었어."

두교청을 상대로 막강한 무위를 선보였던 청우를 기억하고 있던 염단의 얼굴에 차가운 미소가 흘렀다.

"두 장로가 진 빚을 갚아야겠군."

엄밀히 말하자면 두교청은 뇌우의 창에 목숨을 잃었지만 어차피 상관은 없었다. 누구의 칼에 쓰러졌든 중요한 것은 어릴 적부터 돈독한 우의를 자랑하던 두교청이 목숨을 잃었다는 것이고 오늘 밤에 그 복수를 한다는 것이었다.

염단에 이어 위진대주 한절 또한 자신의 상대를 다시 만났다.

"또 만났군. 마저 끝내야겠지?"

한절이 백천에게 칼을 겨누며 말했다.

"내가 할 소리다."

백천도 지지 않고 소리쳤다.

누가 먼저라고 할 것도 없이 서로를 향해 달려나갔다.

"쯧쯧, 명색이 대주라는 놈이 수하들을 지휘할 생각은 하지 않고서."

한절을 보며 양조광이 혀를 찼다.

그러면서도 크게 탓하지 않은 것은 위진대 대주로서 자부심이 강했던 한절이 고작 수적 따위와 승부를 보지 못했다는 것에 크게 마음이 상했음을 알고 있었기 때문이다.

싸움은 이내 들불처럼 일어났다.

第三十四章
배수진(背水陣)

요란한 발소리와 함께 자소궁(紫霄宮)으로 무당의 이대제자 혜인(慧人)이 뛰어들어왔다.

무당 장문 광허(廣虛) 진인을 중심으로 무당에 닥친 위기를 타개하고자 한자리에 모여 있는 수뇌들의 고개가 동시에 돌려졌다.

"무슨 일이더냐?"

말석에 앉아 있던 영진자(寧玄子)가 벌떡 일어나며 물었다.

혜인은 가쁜 숨을 고를 틈도 없이 입을 열었다.

"조, 좋지 않습니다. 벌써 원화관(元和觀)과 현악문(玄岳門)이

점령을 당했고 지금은 옥허궁(玉虛宮)이 공격을 받고 있습니다."

"뭐라? 옥허궁이 공격을 받아? 이렇게나 빨리 말이더냐?"

광우(廣羽) 진인이 깜짝 놀라 되물었다.

"그렇습니다."

"오룡행궁(五龍行宮)에 있는 광운(廣雲) 사제와 무현(武玄)은 대체 무엇을 하고 있었단 말이냐?"

옥허궁이 공격을 당하고 있다는 말에 광운 진인의 음성이 절로 높아졌다.

옥허궁에 이르려면 오룡행궁을 반드시 거쳐야 했고 그곳은 이미 광운 진인과 무현자가 지키고 있었다.

"두 분 다 목숨을 잃으셨습니다."

애써 울음을 삼키는 혜인의 대답에 자소궁은 그야말로 엄청난 충격에 휩싸였다.

각 항렬에서 세 손가락 안에 드는 실력자들이었기에 그 충격은 더욱 컸다.

하지만 놀라기엔 일렀다.

충격이 채 가시기도 전 자소궁에 또 한 명의 제자가 뛰어들어왔다. 혜인의 사제 혜명(慧明)이었다.

쓰러지듯 무릎을 꿇은 혜명이 피를 토하는 심정으로 외쳤다.

"옥허궁이 무너졌습니다."

옥허궁이 공격을 당하고 있다는 소식을 전해 들은 지 채 반 각도 되지 않은 시점에서 아예 무너졌다는 소식을 듣게 되자 다들 넋을 잃고 말았다.

적들은 그야말로 폭풍 같은 기세로 들이치고 있는 것이었다.

"옥허궁을 지키는 제자들은 어찌 되었느냐?"

광허 진인이 떨리는 목소리로 물었다.

"전멸… 했습니다."

광현 진인의 입이 쩍 벌어졌다.

"옥허궁을 지키는 제자들의 수가 백 명이 넘는다. 설마 그 짧은 시간에 그들이 전멸을 당했다는 것이냐?"

"죄, 죄송합니다."

혜명은 마치 자신의 죄라도 되는 듯 고개를 떨구고 말았다.

예상치 못한 상황에 자소궁에 모인 무당파의 수뇌들은 어찌 대처를 해야 할지 감을 잡지 못했다.

겨우 정신을 수습한 광천(廣天) 진인이 입을 열었다.

"놈들을 이곳까지 이르게 해서는 안 됩니다. 반드시 그전에 막아야 합니다."

"그걸 모르는 사람은 없네. 하지만 어디서 막는다는 말인가? 옥허궁이 너무 쉽게 당했어."

광허 진인은 답답한 마음을 감추지 못했다.

"놈들은 어느 쪽으로 이동하고 있다더냐?"

광천 진인이 혜명에게 물었다.

"서로(西老)를 통해 올라오고 있습니다."

예상대로라는 듯 고개를 끄덕인 광천 진인이 광허 진인에게 말했다.

"화양암(華陽庵)에서 놈들을 막으면 될 것 같습니다."

"화양암? 오룡궁(五龍宮)이 더 낫지 않을까?

광우가 고개를 갸웃거리며 물었다.

"너무 넓습니다. 놈들의 규모가 정확하게 파악되지 않은 상황에서 오룡궁처럼 넓은 장소에서 굳이 부딪칠 필요는 없습니다, 사형. 차라리 폭이 좁은 화양암에서 길목을 지키고 있으면 놈들도 쉽게 치고 올라오지 못할 겁니다. 더불어 배후에 위치한 능허암(凌虛庵)과 모모동(姥姆祠)에 미리 제자들을 숨겨놓았다가 급습을 한다면 큰 성과를 거둘 수 있으리라 봅니다."

"그렇지. 능허암과 모모동이 있었군. 놈들이 아무리 이곳 지형을 숙지했다고 해도 능허암과 모모동까지 생각하지는 못했을 터. 좋은 생각이네."

광우 진인이 광천 진인의 계획을 크게 칭찬했다.

광허 진인도 더 이상의 좋은 생각이 없다는 판단에 광천 진인의 계획을 허락했는데 광천 진인은 자신이 직접 제자들을 이끌고 화양암을 지키기로 했고 광우 진인이 능허암과 모모동의 제자들을 지휘하기로 결정을 했다.

"사부님."

광천 진인을 따라 화양암에 온 오현자(悟玄子)가 굳은 표정으로 광천자를 불렀다.

"알고 있다."

광천자가 매서운 눈으로 소리의 진원지를 살폈다.

대규모 인원이 움직이는지 땅을 타고 울리는 소리가 상당했다.

게다가 점점 다가오는 끈적한 살기가 바람을 타고 날아왔다.

"놈들이다."

광천 진인의 눈에서 차갑게 빛났다.

한밤중이었지만 하늘 높이 뜬 보름달로 인해 주변은 대낮처럼 밝았다.

"놈들의 기세가 대단합니다."

오현자가 앞서 달려오는 적을 가리키며 말했다.

"그래봤자 도적떼에 불과하다. 진짜 적은 저놈들 뒤에서 올라오는 자들이야."

광천 진인이 검을 꺼내 들었다.

달빛을 머금으며 은은한 청광을 내뿜는 검은 운학(雲鶴)이란 이름을 지닌 무당파 최고의 명검이었다.

광천 진인이 모습을 드러내자 노도처럼 밀려들던 천선채의 무리가 일제히 걸음을 멈췄다.

"멈추지 마라. 당장 공격해!"

후미에 있던 천선채 장로 채당(蔡螳)이 버럭 소리를 질렀다.

명령이 떨어지기가 무섭게 네 명의 사내가 광천 진인에게 달려들었다.

그들이 휘두르는 무기가 제법 위협적이었지만 광천 진인은 그들을 안중에도 두지 않았다.

광천 진인의 검이 부드럽게 회전을 하며 움직였다.

광천 진인을 공격했던 천선채의 무인들은 자신들의 몸에 어째서 그토록 강렬한 고통이 느껴지는지, 태산이라도 단숨에 오를 듯 강건했던 다리가 힘없이 풀리는지 의식도 못하고 동시에 쓰러지고 말았다.

광천 진인에게 달려들던 동료가 무기조차 제대로 휘둘러보지 못하고 힘없이 목숨을 잃자 기세 좋게 뒤따르던 천선채의 무리들은 주춤하지 않을 수가 없었다.

그 기회를 놓칠 광천 진인이 아니었다.

단숨에 적진으로 뛰어들어 무자비한 살초를 뿌려댔다.

천선채의 무인들이 필사적으로 광천 진인을 저지하려 하였으나 무당제일검이라 칭해지는 광천 진인의 실력을 감당할 수 있는 사람은 아무도 없었다.

"으아악!"

"커흑!"

연이어 터져 나오는 비명과 함께 그들이 흘린 피가 사방으로 뿌려지며 화양암 주변을 붉게 물들였다.

눈 깜짝할 사이에 쓰러진 천선채 무인들의 수가 무려 이십을 넘었다. 그나마 채당이 나서지 않았다면 피해는 훨씬 더 컸을 터. 저마다 두려운 눈으로 광천 진인을 바라보았다.

"쯧쯧, 한심한 놈들. 길을 가로막고 뭣들 하는 짓이냐?"

천추세가의 장로 벽력수(霹靂手) 목유승(木瑜昇)이 천선채의 무인들을 가르며 나타났다.

목유승은 채당을 매섭게 몰아붙이는 광천 진인의 모습을 잠시 지켜보다 고개를 끄덕였다.

"확실히 네놈들이 감당할 실력은 아니구나."

광천 진인의 실력을 인정한 목유승이 지면을 박차고 뛰어올랐다.

막 채당의 숨통을 끊어 놓으려던 광천 진인은 후미에서 밀려드는 서늘한 기운에 황급히 검을 거두고 물러났다.

꽝!

광천 진인의 몸을 스치듯 지나간 기운이 아름드리 소나무를 두 동강 내버렸다.

"고, 고맙습니다."

겨우 목숨을 구한 채당이 목유승을 향해 몇 번이고 고개를 끄덕였다.

고개조차 돌리지 않은 채 광천 진인을 응시하던 목유승.

광천 진인이 그에게 검을 겨누며 물었다.

"천추세가에서 왔느냐?"

"그렇다."

"무당을 노린 것이 얼마나 어리석은 일이었는지 후회하게 될 것이다."

목유승의 입가에 비웃음이 걸렸다.

"흠, 광운이라고 했던가? 옥허궁에서 만났던 말코도 그런 말을 했었지."

"……."

애써 노기를 참느라 광천 진인의 눈썹이 파르르 떨렸다.

"하나 누가 후회를 하게 될지는 두고 보면 알게 될 것이다. 무당파의 몰락과 함께."

더 이상 광천 진인이 발끈하려던 찰나 목유승의 음성이 이어졌다.

"하나 더. 이 밑으로 몸을 숨기고 있던 놈들이 있더군."

목유승이 화양암 아래쪽 절벽을 가리키며 말했다.

광천 진인의 눈동자가 급격하게 흔들렸다.

"뒤통수를 칠 모양이었는데 미안해서 어쩌지? 이미 한 놈도 남지 않고 숨통이 끊어졌으니 말이야."

"헛소리하지 마라!"

"그 또한 두고 보면 알겠지."

너무도 태연한 목유승의 모습에서 광천 진인은 불길함을 느낄 수밖에 없었다.

'아니야. 사형께서 그렇게 쉽게 당할 리 없다.'

바로 그때였다.

애써 불길함을 지우려 하는 광천 진인의 발아래에 낯익은 수급 하나가 굴러왔다.

공포감과 고통을 이기지 못하고 일그러진 노인의 얼굴은 다름 아닌 광우 진인이었다.

"사, 사형!"

광천 진인의 무릎이 그대로 꺾였다.

광우 진인의 수급을 품에 안는 광천 진인을 향해 목유승의 잔인한 음성이 들려왔다.

"너무 슬퍼하지 마라. 어차피 함께 가게 될 터이니."

그런 광천 진인의 뒤로 불사완구가 하나둘 모습을 드러

냈다.

*　　*　　*

“적이다! 빨리 신호를 보내!”

해사방이 장강에 띄운 염탐선이 장강수로맹의 이동을 확인했다.

“뭐가 저리 많아?”

동료가 신호탄을 꺼내고 불을 붙이느라 허둥지둥댈 때 밤공기를 가르며 다가오는 장강수로맹 선단의 엄청난 위용에 염탄선을 지휘하던 사내의 입이 쩍 벌어졌다.

육안으로 확인이 되는 배의 수만 무려 열두 척이었다. 그 뒤로 얼마나 많은 배가 움직이고 있을지 가늠이 되지 않았다.

“뭐해? 빨리 신호탄을 쏘라니까!”

사내의 외침이 끝나는 것과 동시에 신호탄이 하늘로 솟구쳤다.

삐이이이!

밤의 정적을 깨는 요란한 소리와 함께 오색 불빛이 밤하늘을 화려하게 수놓았다.

“공격할까요?”

맨 앞에서 선단을 이끌고 있는 양산채주 모융이 함께 승선

한 금완에게 물었다.

"놔두게. 저런 피라미들 상대할 시간 없으니."

염탐선이라고 해봐야 나룻배 수준의 고깃배일 뿐이었다.

지금 그들에겐 그런 조그만 염탄선이나 잡자고 배의 움직임을 바꿀 여유가 없었다.

하지만 애당초 그들이 신경 쓸 일이 아니었다.

모융과 금완이 대화를 나누는 사이 후미에서 뒤따르던 배에서 날아간 화살 세 발이 염탄선에 타고 있던 세작들을 조용히 잠재웠기 때문이었다.

신호탄이 하늘에 오르고 반각 후, 멀리서 해사방의 육중한 선단이 모습을 드러냈다.

모융은 해사방이 나타난 것을 확인하자마자 북을 울려 그들의 출현을 알렸다.

뒤쪽에 있던 배들이 빠르게 이동을 하여 앞렬에 합류를 했다.

다소 돌출된 양산채의 배를 대장선으로 하여 좌우측으로 길게 늘어섰다.

"준비들 되었느냐?"

기린채주 좌교가 갑판 위 수하들에게 물었다.

"예. 채주님."

"그 귀한 화포가 목령채와 우리에게만 주어졌다. 그만큼 우리의 임무가 막중하다. 모두 정신들 똑바로 차려라."

이번 싸움에 동원된 여러 채주 중에 누구보다 실전 경험이 많았던 좌교는 자신만만했다. 무엇보다 장강수로맹 수뇌진에게 인정을 받고 있다는 생각에 가슴 한편이 뿌듯했다.

맹에서 포수 훈련을 받고 돌아온 수하들도 그렇게 믿음직할 수 없었다.

"거리에 들어왔습니다."

좌교가 즉시 명을 내렸다.

"대장선에 신호를 보내라."

갑판에서 대기하고 있던 수하가 청색 깃발 하나를 휘둘렀다.

대장선에서 곧바로 붉은 기가 올라왔다.

발포 명령이 떨어지자 좌교가 칼을 꺼내 들었다.

"집중해서 한 놈씩 잡는다. 목표는 바로 저놈!"

좌교의 칼이 검은 휘장에 곡도 두 개를 교차한 깃발을 매달고 있는 배를 가리켰다.

"발포하랏!"

좌교의 명이 떨어지고 그의 배에 실린 다섯 문의 화포가 순차적으로 포탄을 날렸다.

꽝! 꽝! 꽝! 꽝! 꽝!

백여 장의 거리를 단숨에 날아간 포탄. 하지만 단 한 발의 포탄도 목표에 명중하지 못했다.

좌교는 실망하지 않았다. 어차피 첫발은 거리와 각도를 가늠하기 위함이었다.

"지금부터다. 절대 놓치지 마라. 발사!"

꽝! 꽝! 꽝! 꽝! 꽝!

엄청난 파공성과 함께 날아간 포탄 중 세 발이 엄청난 포말을 일으키며 장강에 떨어졌고 두 발이 목표했던 배에 명중했다.

"와아아!"

포탄 한 발의 위력이 어떠한지 익히 알고 있는 기린채에서 엄청난 함성이 터져 나왔다.

이에 화답하듯 기린채와 대칭되는 목령채에서도 함성이 들려왔다. 그들 역시 화포를 사용했고 기린채보다 더 정확하게 목표물을 무력화시키고 있었다.

한편 예상치 못한 화포 공격을 당한 해사방은 그야말로 난리가 났다.

"피, 피해랏! 안 돼!"

느닷없이 날아온 포탄에 생사고락을 같이하던 수하들이 갈가리 찢겨 나가고 평생의 자랑이요, 자부심이던 해적선이 산산이 부서지는 것을 보는 해사방주 을표(乙豹)는 미칠 지경이었다.

"일단 물러나는 것이 좋을 듯싶습니다."

"닥쳐랏! 이런 상황에서 물러나는 것은 사냥하기 좋은 표적밖에 되지 않아."

"하지만……."

"우리가 살길은 놈들의 배에 접근하는 것뿐이다. 일제히 돌격 명령을 내린다. 최대한 빨리 화포를 사용할 수 없는 거리로 붙여."

잔뜩 흥분을 하기는 했어도 을표의 판단은 정확했다.

비록 그 과정에서 어느 정도의 피해는 발생할 것이다. 그러나 지금 상황에서 그 정도 피해는 당연히 감수해야 했다.

수하의 말대로 무작정 배를 돌렸다간 그야말로 회복하기 힘든 피해를 당할 터. 오히려 접근에 성공만 한다면 해사방의 육중한 해적선이 장강수로맹의 배를 단숨에 무력화시킬 수도 있었고 병력의 질과 양에서도 분명 우위를 잡을 수 있었다.

명령은 주효했다.

장강수로맹의 선단에 접근하는 과정에서 모두 다섯 척의 배가 화포에 의해 산산조각이 났지만 나머지 배들이 무사히 상대 진영에 도착한 것이었다.

해사방과 장강수로맹의 배가 서로 부딪치기 시작했다.

상대적으로 육중한 해사방의 배가 장강수로맹의 배 두 척을 침몰시키는 성과도 얻었다.

해사방 쪽에서 날아든 무수한 갈고리가 양측의 배를 단단히 고정시켰다.

배와 배 사이를 연결하는 가교가 만들어지기 시작했다.

그마저도 기다리지 못한 해적들이 줄을 타고 곧바로 장강수로맹의 배로 넘어가니 거의 모든 배에서 치열한 교전이 펼쳐지기 시작했다.

"절대로 용서하지 않는다. 모조리 씹어 먹어주마."

수하들이 장강수로맹의 배에 올라타는 것을 확인한 을표가 이를 북북 갈았다.

하지만 을표가 한 가지 간과한 것이 있었다.

전장에서 거의 오십여 장 떨어진 곳에 위치한 한 척의 선박.

선수와 선미에서 거대한 닻줄을 내려 배를 단단히 고정시키고 있는 배의 분위기는 다른 배들과는 확연히 달랐다.

갑판 위에는 마치 공성전을 할 때 사용하는 듯한 나무탑이 곳곳에 세워져 있었고 그 위에 활을 든 사내들이 네다섯 명씩 짝을 이뤄 올라가 있었다.

유성대 부대주 사우록이 나무탑을 돌며 소리쳤다.

"준비됐지?"

"기다리기 지겨워 죽겠어."

"명령만 내리라고."

동료들의 아우성에 사우록의 입가엔 진한 미소가 지어졌다.

"그럼 시작해 볼까?"

바로 그 순간부터 을표는 장강수로맹엔 화포보다 더욱 치명적인 무기가 존재한다는 것을 뼈저리게 느끼게 된다.

* * *

"쥐새끼 같은 놈! 과연 언제까지 피하는가 보자!"

섬전귀를 향해 매섭게 창을 내뻗는 뇌우의 음성은 노기로 가득 차 있었다.

뇌정벽력과도 같은 위력적인 공격이 섬전위의 전신을 노리며 짓쳐 들었지만 섬전귀는 눈으로 확인하기가 불가능할 정도로 날카롭고 강맹하게 날아드는 창을 나름 훌륭하게 막아내고 있었다.

물론 지닌바 모든 힘을 동원하여 노도처럼 밀려드는 뇌우의 공격을 겨우 겨우 막아내는 것이었지만 그것만으로도 그는 자신의 역할을 충분히 하는 것이었다.

섬전귀가 빠진 천추세가와 뇌우가 빠진 군웅들의 상황을 가늠해 보면 그 차이는 확연했다.

그렇다고 반격 자체가 없었던 것은 아니었다.

섬전귀도 나름 뛰어난 고수였고 아주 풍부한 실전 경험을 지닌 인물이었다.

한 번씩 반격을 펼칠 때마다 뇌우 역시 상당한 부담을 느껴야 했다.

바로 지금처럼.

흥분한 뇌우가 연속적으로 공격을 퍼붓다가 호흡이 잠시 흐트러질 찰나 그의 품속으로 뛰어든 섬전귀가 전광석화와도 같은 공격을 찔러 넣었다.

다급히 숨을 들이켠 뇌우가 용행보(龍行步)를 펼치며 뒤로 물러났지만 절호의 기회를 잡은 섬전귀도 재차 도약을 하며 뇌우의 목숨을 노렸다.

누가 보더라도 위태한 순간이었으나 그것이야말로 뇌우가 섬전귀를 잡기 위해 판 함정이었다.

물러나는 듯 보였던 뇌우가 몸 쪽으로 끌어당겼던 장창을 아래에서 위로 휘돌리며 섬전귀의 하체를 노렸다.

"젠장!"

회심의 일격을 기대하던 섬전귀가 욕설을 내뱉으며 몸을 틀었다.

그러나 장창의 움직임이 조금 더 빨랐다.

날카로운 창날이 섬전귀의 발목을 스치고 지나갔다.

순간, 물러나던 섬전귀가 그 자리에 풀썩 주저앉고 말았다.

그다지 깊지 않은 상처였지만 창날이 공교롭게도 뒤꿈치의 심줄을 끊어버린 것이다.

이를 놓칠 뇌우가 아니었다.

곧바로 쇄도한 창날이 섬전귀의 허벅지에 깊이 박혔다.

"으악!"

섬전귀의 입에서 처절한 비명이 터져 나왔다.

비명은 오래가지 않았다.

허벅지에 박혔던 창날이 위로 치켜 올라가며 섬전귀의 목줄마저 끊어버린 것이다.

"망할 놈 같으니!"

힘겹게 승리를 거둔 뇌우가 거친 숨을 몰아쉬며 씩씩거렸다.

뇌우의 맞은편, 비림의 옆에선 단혼마객과 폭풍검협이 치열한 접적을 펼치고 있었다.

말 그대로 용호상박.

싸움을 시작한 이래 한 치의 물러섬도 없이 일진일퇴의 공방을 반복하고 있었다.

"대단하다. 한탄 수적으로 보았건만 그게 아니군."

잠시 검을 멈추고 거친 숨을 몰아쉬는 폭풍검협의 음성엔 진심이 담겨 있었다.

"당신 또한 대단하다."

단혼마객 역시 폭풍검협의 실력을 인정했다. 하지만 그의 음성엔 어딘지 모르게 여유가 담겨 있었다.

"수적에게 인정을 받는 것도 나쁜 기분은 아니군."

피식 웃은 폭풍검협이 다시금 검을 치켜 세웠다.

언제 이런 상대와 다시 검을 나눌 수 있을까!

잠깐의 휴식도 아까웠다.

"이번엔 쉽지 않을 것이다."

폭풍검협의 전신에서 칼날 같은 기세가 뿜어져 나왔다.

상대를 인정한 이후, 승리에 대한 갈증이 폭풍검협의 자세 자체를 바꿔 놓은 것이다.

단혼마객 역시 신중한 자세로 검을 고쳐 잡았다.

"타핫!"

힘찬 기합성과 함께 폭풍검협이 단혼마객에게 달려들었다.

몸이 도착을 하기도 전, 예리한 검기가 대기를 갈랐다.

파스스슷!

단혼막객도 단천삼십육검을 마음껏 펼치며 자신의 본 실력을 드러냈다.

검기와 검기의 충돌.

허공에서 연거푸 일곱 번의 충돌이 일어났다.

그것으로 승부가 갈린 것은 아니지만 우위는 확연히 드러났다.

멀쩡한 단혼마객에 비해 폭풍검협의 상체는 붉은 피로 물들어 있었다.

폭풍검협의 공격을 완벽하게 막아낸 이후, 이어진 역공에서 단혼마객의 검이 상대의 가슴을 베어버린 것이었다.

기회를 잡은 단혼마객이 단숨에 거리를 좁히며 검을 뻗었다.

섬전과 같은 기운이 폭풍검협의 미간으로 쇄도했다.

부상을 당했다지만 폭풍검협 또한 쉽게 당하지 않았다.

흐트러진 자세에서도 교묘히 발을 놀리며 단혼마객의 공격을 흘리고 곧바로 그의 허벅지를 베어왔다.

황급히 검의 방향을 틀어 폭풍검협의 검을 쳐낸 단혼마객이 빙글 몸을 돌리며 상대의 정수리를 노렸다.

폭풍검협이 이를 막기 위해 검을 움직였을 때, 돌연 방향을 바꾼 검이 그의 손목을 훑고 지나갔다.

서걱!

날카로운 마찰음과 함께 폭풍검협의 손목이 하늘로 치솟았다.

붉은 피가 허공에 흩뿌려지는 사이, 단혼마객의 검이 맹렬한 속도로 폭풍검협의 가슴을 파고들었다.

막을 힘이 없었던 폭풍검협이 눈을 질끈 감았다.

"으아악!"

상관화의 공격을 감당하지 못한 천하대 대원이 짧은 비명을 지르며 쓰러졌다.

숨이 끊어지는 순간까지 삶에 대한 미련을 버리지 못한 듯 사지를 바둥거렸지만 이내 움직임이 멈췄다.

끊임없이 밀려드는, 게다가 숨이 끊어지는 순간까지 포기하지 않고 공격을 계속해 오는 천하대원들을 보며 상관하는 비록 적이지만 감탄을 금치 못했다.

"후! 지치는군."

상관화가 이마에 맺힌 땀을 닦아냈다.

칼을 쥔 손이 살짝 떨려왔다.

싸움이 시작된 이후, 십여 명이 넘는 인원을 쉬지 않고 상대했으니 무리도 아니었다.

게다가 어린 나이에도 불구하고 그들 개개인의 실력이 상당히 뛰어났는데 사사천교에서 최정예라 불리던 열화기의 대원들과 비교를 해봐도 훨씬 우위에 있을 정도였다.

그런 적이 아직도 백여 명이 넘게 남아 있었다.

상관화가 오강으로 잠시 시선을 던졌다.

'언제 오려는가.'

턱밑까지 접근한 적으로 인해 생각은 이어지지 못했다.

"질기군."

치열하게 펼쳐지는 싸움을 지켜보는 양조광의 표정이 과히 좋지 않았다.

패왕사 주변에 설치된 진법을 단숨에 무력화시키고 기세좋게 공격을 시작한 지 벌써 반 시진이 흘렀다.

압도적인 전력 차이를 감안했을 때 금방이라도 끝날 것 같던 싸움이었건만 상대의 저항이 너무도 거셌다.

특히 선봉을 맡았던 열화기의 전총이 어이없이 목숨을 빼앗기고 대원들마저 중구난방 어지럽게 흩어져 싸우다가 중앙을 지키고 있는 화산파의 매화검수들과 장강수로맹 호천단원들의 합공에 걸려 몰살을 당하다시피한 것이 초반 분위기를 흐리고 말았다.

곧바로 천하대를 투입하여 거세게 몰아붙였지만 기세가 오른 적들을 쉽게 무너뜨리지 못했다.

게다가 장소도 그다지 좋지 않았다.

패왕사를 중심으로 뒤쪽으로는 오강이 흐르고 좌측엔 당대의 유명한 시인, 묵객들이 오강에 다녀간 뒤 남긴 글들을 새겨놓은 비림(碑林)이 빼곡히 들어차 있었다.

그까짓 시 나부랭이가 적혀 있는 비석 따위야 부숴 버리면 그만이나 하필 그중에 현 황제가 황태자 시절에 남긴 글귀가 있다는 것이 문제였다.

마음 같아선 열 번이고 백 번이고 모조리 부숴 버리고 싶었지만 그 후폭풍을 감당할 자신이 없었기에 그럴 수도 없었다.

그러다보니 공격할 방향은 한정될 수밖에 없었다.

결국 매화검진을 중심으로 단단히 뭉쳐 있는 중심의 방어벽을 뚫지 못하게 되니 답답함이 극에 이를 지경이었다.

"어쨌거나 네놈들이 도망칠 구멍은 없다. 한절."

양조굉이 위진대주를 불렀다.

백천과의 싸움에서 멋지게 승리를 하고 돌아온 한절이 피 묻은 붕대를 훈장처럼 두른 채 나타났다.

"예. 대장로님."

"부상은 괜찮으냐?"

"살짝 긁혔을 뿐입니다."

"준비를 해라. 이제 그만 끝내야겠다."

"알겠습니다."

"천하대는 이만 불러들여라. 피해가 조금 있었지만 이쯤 했으면 좋은 경험이 되었을 게다."

"예."

한절이 어느새 절반 정도로 줄어 있는 천하대를 보며 피식 웃었다.

"얕보지 마라. 몇놈 남지 않았지만 저놈들이야말로 짧은 시간 동안 산전수전 다 겪은 놈들이다. 천하대는 그렇다 쳐도 네놈들까지 망신을 당한다면 노부가 결코 용서치 않을 것이다."

"명심하겠습니다."

황급히 웃음을 거둔 한절이 힘차게 허리를 꺾었다.

패왕사 안쪽으로 실려 오는 부상자들의 수가 급격히 늘기 시작하자 그들을 치료하는 송하연의 안색 또한 점점 어두워졌다.

부상자들이 는다는 것은 그만큼 바깥의 상황이 좋지 못하다는 것을 의미하는 것. 과연 언제까지 버틸 수 있을지 불안감이 엄습했다.

송하연의 시선이 죽은 듯이 누워 있는 유대웅에게 향했다.

시침을 했을 때보다 안색이 조금 나빠져 있었다.

송하연의 발걸음이 자신도 모르게 유대웅에게 향했다.

겉으로 보기엔 멀쩡해도 내부에선 치열한 싸움을 하고 있는지 유대웅의 이마엔 땀이 송글송글 맺혀 있었다.

송하연이 조심스런 손길로 유대웅의 이마에 맺힌 땀을 닦아냈다.

'힘내요. 지면 안 돼요.'

안타까운 눈으로 유대웅을 바라보는 송하연.

어느새 그녀의 손은 품속에 있는 옥합을 만지고 있었다.

"환혼금선단이더냐?"

갑작스레 들려온 음성에 깜짝 놀란 송하연이 뒤를 돌아보았다.

벽에 비스듬히 기대어 앉아 있는 당학운이 그녀를 보며 미소 짓고 있었다.

"그렇게 놀랄 것 없다. 성수의가에 환혼금선단이라는 영단이 있다는 것은 노부 또한 잘 아는 사실이니까. 물론 네가 그것을 가지고 있으리라곤 생각할 수 없었지만……."

당학운이 말끝을 흐리며 웃었다.

송하연은 당학운의 웃음에서 그가 조금 전 그녀가 조부와 나누었던 대화를 들었다는 것을 알 수 있었다.

송하연의 얼굴이 붉게 달아올랐다. 왠지 속내를 들킨 것 같아 부끄러웠다.

"네가 그에게 환혼금선단을 복용시키자는 말을 듣고 깜짝 놀랐다. 그렇게 티격태격하더니만 미운 정이라도 들었던 것이더냐?"

"아, 아니요. 그게 아니라……."

송하연은 크게 당황하며 어쩔 줄을 몰라 했다.

의미심장한 눈으로 그녀의 반응을 지켜보던 당학운이 정

색을 하며 말했다.

"농은 그만하도록 하고. 한번 묻고 싶구나. 정말 환혼금선단을 사용할 의사가 있더냐?"

잠시 머뭇거리던 송하연이 입술을 꼬옥 다물며 고개를 끄덕였다.

"얼마나 위험한 일인지 알고는 있겠지?"

"예."

"네 조부가 말리는 데에는 그만한 이유가 있는 것이다. 노부 역시 무모한 짓이라 여긴다. 너무 위험해."

송하연이 고개를 숙였다.

"하지만 지금 상황에서 모험을 할 필요는 있다고 본다."

"예?"

송하연이 고개를 번쩍 치켜들며 물었다.

"네가 느끼듯이 상황이 좋지 못해. 잘 버티는 것 같더니만 분위기가 확 바뀐 듯하다. 장강수로맹의 지원군이 언제 도착할지 모르는 상황에서 이대로 시간이 흐르면……."

당학운은 입을 다물었지만 송하연은 뒤에 이어질 말을 정확하게 파악하고 있었다.

"하지만 환혼금선단을 복용하고 기적적으로 부상을 치료한다고 해도 과연 이 위기를 벗어날 수 있을까요? 아니, 제대로 싸울 수는 있는 것일까요?"

송하연의 물음에 당학운은 대답하지 못했다.

환혼금선단이 얼마만큼 뛰어난 영약인지 그는 알고 있었다. 직접 그 효능을 본적도 있었다.

그러나 당시 상황과 지금 유대웅의 몸 상태는 전혀 달랐다. 송하연 말대로 환혼금선단이 유대웅의 부상을 기적적으로 치료해 낸다고 해도 유대웅이 바로 검을 들고 싸울 수 있을지 어떨지는 판단하기가 불가능했다.

"노부도 알 수가 없구나. 모든 것은 하늘에 달린 것이겠지. 어쨌든 선택은 네가 하는 것이니."

나직한 한숨과 함께 당학운이 천천히 몸을 일으켰다.

그의 몸 상태를 알고 있는 송하연이 깜짝 놀란 얼굴로 그를 바라보았다.

"어, 어르신?"

"그렇게 놀란 눈으로 볼 것 없다. 전황이 어찌 돌아가고 있는지 잠시 확인을 해보고 싶어서 그런 것이야. 당장 싸울 수는 없는 몸이지만 어쩌면 도움이 될 수도 있는 것이고."

당학운을 말리려던 송하연은 얼굴에서 드러난 굳은 의지를 읽고는 입을 다물어야 했다.

그저 품에서 꺼낸 옥합만을 만지작거릴 뿐이었다.

* * *

낯선 곳이었다.

하지만 어딘지 모르게 익숙하기도 했다.

내부에서 폭주하고 있던 선천지기를 제어하기 위해 필사적으로 노력하고 있던 유대웅은 자신이 어째서 이곳에 있는지 이해할 수가 없었다.

그곳엔 참으로 많은 사람들이 있었다.

하나같이 무거운 갑주를 두르고 날카로운 병장기를 든 병사들이었다.

하지만 어느 누구도 유대웅을 의식하지 않았다.

몸이 부딪쳐도 마치 유령처럼 서로를 통과했다.

유대웅은 어떤 힘에 이끌리듯 천천히 걸음을 옮겼다.

얼마나 걸었을까?

지축을 울리는 굉음과 함께 무섭게 질주하는 기마들과 수천의 병졸들이 눈에 들어왔다.

그들을 향해 홀로 질주하는 장수가 있었다.

'초패왕!'

유대웅의 눈이 부릅떠졌다.

비로소 기억이 났다.

지금 눈앞의 광경은 그가 처음 초천검을 얻었을 때 꿈에서 보았던 광경이었다.

초패왕을 향해 벌떼처럼 달려드는 장수와 병졸들.

하지만 그 누구도 초패왕의 앞길을 가로막지 못했다.

일검에 천지가 진동하고 날카롭게 회전하는 장창에 수백의 목숨이 순식간에 사라졌다.

적들의 포위망을 간단히 뚫어낸 초패왕이 유대웅을 바라보았다.

초패왕과 눈이 마주친 유대웅의 몸이 부르르 떨렸다.

"이것을 네게 맡기마. 초진창이다. 이제부터는 네가 이 녀석의 주인이다."

대답은 필요없다는 듯 초패왕은 검을 들어 스스로의 목을 베어버렸다.

초패왕의 몸에서 솟구치는 선혈이 유대웅의 전신을 흠뻑 적셨다.

'그때하고 똑같다.'

망연자실한 유대웅이 멍하니 서 있자 그때처럼 목을 잃은 초패왕이 그를 향해 걸어왔다.

그리고 장창을 내밀었다.

유대웅이 떨리는 손으로 창을 받아들었다.

'그때도 이렇게 창을… 창?

의혹에 찬 유대웅이 고개를 쳐들 때 초패왕의 몸이 그에게로 무너져 내렸다.

초패왕의 목에서 분출된 피가 유대웅의 얼굴로 쏟아지는 것도 그때와 똑같았다.

다른 것이 있다면 오직 하나.

그의 손에 쥐어진 것이 검이 아니라 창이라는 것이었다.

* * *

죽은 듯이 누워 있던 유대웅이 번쩍 눈을 떴다.

눈을 뜬 그가 가장 먼저 본 것은 잔뜩 고민에 빠져 있는 송하연의 커다란 눈동자였다.

그런데 그녀의 숨결이 느껴질 정도로 얼굴이 가까이에 있었다.

그것도 부족해 그녀의 부드러운 손길이 자신의 얼굴에 닿아 있는 것이 아닌가!

유대웅이 자신도 모르게 침을 꿀꺽 삼켰다.

"어머!"

그제야 유대웅이 눈을 뜬 것을 확인한 송하연이 깜짝 놀라며 물러나다 엉덩방아를 찧었다.

문제는 그 순간 벌어졌다.

당학운이 밖으로 나간 후, 송하연은 한참의 고민 끝에 옥합에 들어 있던 환혼금선단을 꺼내 들었다.

송하연은 의식이 없는 유대웅의 입을 가만히 벌리고 환혼금선단을 그의 입으로 가져갔다.

그렇지만 워낙 위험한 결정이었기에 마지막까지 고민에 고민을 거듭했다.

복용을 시켜야 하는 것인가, 말아야 하는 것인가?

내적 갈등이 극에 이르렀을 때 그때까지 의식을 잃고 있던 유대웅이 그만 눈을 뜨고 말았다.

깜짝 놀란 송하연이 뒤로 물러나다 자신도 모르게 들고 있던 환혼금선단을 놓치고 말았다.

환혼금선단은 정확히 유대웅의 입으로 떨어졌고 순식간에 녹아 사라졌다.

갑작스레 입안으로 들어온 물건이 부드러운 향과 함께 자연스럽게 녹아버리자 유대웅은 그다지 대수롭지 않게 생각했다. 그저 자신의 부상을 걱정한 송하연이 단순히 몸에 좋은 단환을 사용한 것이라 여겼다.

"이게 무엇……."

유대웅은 말을 이을 수가 없었다.

벌떡 일어난 송하연이 두 눈을 동그랗게 뜨고 자신을 바라봤기 때문이었다.

"어, 어디로 갔죠?"

"뭐가 말이오?"

"환혼금선단이요."

"환혼… 뭐요?"

유대웅이 영문을 모르겠다는 듯 바라보자 어쩔 줄을 몰라 하던 송하연은 유대웅의 입술에 묻은 환혼금선단의 흔적을 확인하곤 유대웅을 안아들었다.

송하연의 엉뚱한 행동에 얼굴이 붉어지는 유대웅.

그것을 알 리 없는 송하연은 땀을 뻘뻘 흘리며 겨우 유대웅의 상체를 바로 세웠다.

"잘 들어요. 당신이 먹은 환혼금선단은……."

송하연은 환혼금선단이 지닌 효능과 부작용에 대해 빠르게 설명을 하였으나 정신이 멍한 상태인 유대웅의 귀에는 아무것도 들리지 않았다.

"알아들었지요?"

송하연이 물었다.

"뭐를… 말이오?"

유대웅이 멍청한 표정으로 되묻자 송하연의 얼굴이 울상이 되었다.

송하연의 표정에서 뭔가 이상하다는 것을 느낀 유대웅이 다시 질문을 던지려는 찰나, 패왕사의 지붕 위에서 누군가가 뛰어내렸다.

유대웅의 표정이 딱딱히 굳고, 재빨리 일어난 송하연이 유대웅의 앞을 가로막으며 검을 빼 들었다.

"그렇게 경계할 것 없다. 너희를 해치려고 온 것이 아니니."

다소 지쳐 보이는 표정의 노인은 유대웅과 합류한 당가의 식솔들을 찾아 사방을 헤맨 전대 당가의 가주 사천무제 당성이었다.

오강을 건넌 것인지 입고 있는 옷은 흠뻑 젖어 있었고 온갖 먼지가 범벅이 되면 꼴도 말이 아니었다.

"물러서세요."

당성의 정체를 알길 없는 송하연이 그에게 검을 겨누며 날카롭게 소리쳤다.

"쯧쯧, 경계할 것 없다니까."

가볍게 혀를 찬 당성이 유대웅을 향해 다가왔다. 송하연이 검으로 그를 위협했지만 전혀 개의치 않았다.

"네가 화산 노선배의 제자 청풍이더냐?"

"그, 그렇습니다."

"장강수로맹의 맹주 유대웅이기도 하고."

"예."

유대웅은 뭐라도 홀린 듯 당성이 묻는 말에 순순히 고개를 끄덕였다.

"복을 타고난 것인지, 아니면 네 능력이 뛰어난 것인지. 참, 몇해 전에 본가가 네놈에게 큰 신세를 졌다더구나."

과거 당가가 유대웅과 충돌이 있었음을 언급한 것이었으나 유대웅으로선 전혀 알아들을 수 없는 말이었다.

"어쨌든 저 아이가 말하고자 하는 바는 간단하다. 지금 너는 성수의가가 심혈을 기울여 만들어낸 환혼금선단을 복용한 상태다. 죽은 사람도 살린다는 최고의 영약임은 분명하나 이를 제대로 수습하지 못하면 반드시 죽는다."

"예? 제가 언제……."

유대웅의 시선이 송하연에게 향했다.

송하연이 고개를 끄덕이며 당성의 말이 맞다는 것을 확인시켜 주었다.

"당장 가부좌를 틀고 앉아라. 본격적으로 약효가 움직이기 시작했을 때 이를 제대로 다스리지 못하면 그대로 목숨을 잃게 될 것이다."

당성의 말이 아니더라도 이미 심상치 않은 기운을 느낀 유대웅은 즉시 눈을 감고 운기조식을 시작했다.

유대웅은 순식간에 무아지경에 빠져들자 당성이 송하연에게 고개를 돌렸다.

"곧 내부에서 폭주하고 있는 진기와 충돌을 하게 될 것이다. 평소라면 모를까 지금 상황에선 혼자 두 가지 기운을 제어한다는 것은 절대 무리다. 노부가 최선을 다해 돕기는 하겠다만 아무래도 혼자서는 버거울 것 같구나. 혹, 금침대법을 사용할 줄 아느냐?"

"익히기는 했지만……."

"익혔으면 되었다. 노부가 없었다면 단번에 기경팔맥과 십이경락을 일거에 점해야겠지만 그렇게까지 무리할 필요는 없다. 차분히 하거라. 시간이 걸리더라도 차분히 시침만 하면 날뛰는 진기를 제어하는 데 큰 힘이 될 것이다."

송하연이 자신없다는 표정을 짓자 당성이 더없이 진지한 표정으로 말했다.

"자신감을 갖아야 한다. 시침에 있어 단 한순간도 주저해서는 안 될 것이다. 네가 망설이는 순간, 녀석은 물론이고 노부의 목숨까지 위태롭게 된다는 것을 기억하고."

"예?"

유대웅은 물론이고 당성의 목숨까지 위험해진다는 말에 송하연은 깜짝 놀라지 않을 수 없었다.

두 사람의 목숨을 책임지게 되었음에 부담감이 더없이 커졌지만 그만큼 반드시 해내야 한다는 의지도 커졌다.

심호흡을 하는 송하연.

착 가라앉은 송하연의 눈빛을 확인한 당성이 운기조식을

하는 유대웅의 등 뒤로 다가가 앉았다.

송하연에게 가볍게 눈짓을 한 당성이 유대웅의 명문혈에 장심을 갖다 댔다.

당성이 자신의 진기를 조심히 흘려보내며 유대웅을 돕기 시작하자 금침을 꺼내 든 송하연도 유대웅의 앞에 무릎을 꿇고 앉았다.

긴장을 해서인지 호흡이 가빠지고 손끝이 살짝 떨렸다.

금침을 내려놓은 송하연이 명경지수(明鏡止水)와 같은 마음이 될 때까지 깊게 호흡하며 차분히 마음을 가라앉혔다.

그녀가 다시 금침을 들었을 때 그녀의 눈동자에선 일체의 잡념이 느껴지지 않았다.

* * *

자우령이 감탄 어린 표정으로 철검서생을 바라보았다.

'과연 무림십강이라는 건가. 자신이 있었건만.'

자우령의 입가에 씁쓸함 미소가 맴돌았다.

철검서생과 싸움을 시작한지 어느새 반 시진을 훌쩍 넘었고 백여 초가 넘는 공방을 주고받았다.

비록 승부가 나지는 않았지만 자우령은 느끼고 있었다.

시간이 가면 갈수록 불리해지는 것은 자신이라고.

일신에 지닌 내력은 우령이 철검서생보다 한 수 위였지만 체력의 차이가 컸다.

지친 기색이 역력한 자우령에 비해 철검서생은 아직도 충분한 여력이 있어 보였다.

잠시 호흡을 가다듬은 철검서생이 다시금 공격을 시작했다.

후우우우웅!

거세게 불어닥친 회오리가 자우령에게 몰아쳐 왔다.

자우령은 뇌정철벽(雷霆鐵僻)이란 초식을 사용하며 맞대응했다.

그런데 차가운 검신에서 뿜어져 나온 검기가 자우령이 일으킨 도기를 날카롭게 파고들었다.

설마하니 뇌정철벽이 그렇게 쉽게 무너질 줄은 생각도 못한 듯 자우령의 얼굴에 당혹한 기색이 역력했다.

나름 부드럽게 이어지던 흐름이 갑자기 끊기고 몸의 균형마저 흔들렸다.

때를 놓치지 않은 철검서생이 낙목한풍(落木寒風)이란 초식을 펼쳤다.

현란한 검의 변화 속에 서늘한 기운이 자우령의 목덜미로 짓쳐 들었다.

절체절명의 위기였다.

승리를 예감한 듯 철검서생의 입가에 회심의 미소가 걸렸다.

하지만 자우령도 그냥 당하고 있지는 않았다.

피할 수 없다고 판단한 순간, 천뢰육도 중 가장 강력한 위력을 지닌 분뢰쇄혼(分雷碎魂)을 펼쳤다.

워낙 내력이 많이 소모되는 바람에 가급적 아껴온 초식이었지만 그만큼 효과는 확실했다.

자우령이 휘두르는 도에서 다섯 줄기의 강력한 뇌기가 철검서생의 공세를 단숨에 무력화시켰다.

강력한 충돌음.

엄청난 충격파가 사방으로 퍼져 나갈 때 낙목한풍으론 역부족임을 느낀 철검서생 또한 군자팔검 중 지금껏 사용을 미뤄왔던 마지막 초식 군자출세(君子出世)를 펼쳐 냈다.

검기와 도기, 검강과 도강의 충돌.

오랜 싸움의 종지부를 찍기 위해 철검서생과 자우령은 혼신의 힘을 다해 일신에 지닌 모든 힘을 쏟아냈다.

철검서생은 무림십강이라는 자존심을 지키기 위해, 자우령은 유대웅, 나아가 패왕사에서 함께 싸우고 있는 군웅을 위해 목숨을 걸었다.

얼마나 그렇게 치열히 공방이 오갔는지 둘은 전혀 의식하지 못했다.

자신들도 모르게 무아지경에 빠진 두 사람은 단순히 승부를 떠나 무의 끝을 바라보는 구도자(求道者)의 입장으로 서로의 무공을 끝없이 탐닉했다.

시작이 있으면 끝이 있는 법.

어느 순간, 그토록 격렬히 다투던 두 사람의 움직임 거짓말처럼 멈추었다.

툭.

부서진 칼의 손잡이가 땅바닥에 떨어졌다.

털썩.

절대로 꺾일 것 같지 않았던 자우령의 무릎이 천천히 꺾이기 시작했다.

입에선 검붉은 피가 흘러나오고 덜덜 떨리는 전신에서 피가 배어 나왔다.

철검서생 또한 심각한 부상을 당한 듯한 자루 검에 의지해 겨우 몸을 가누고 있었다.

"졌… 군."

자우령의 입에서 허탈한 음성이 흘러나왔다.

"무림십강의 벽이 이토록 높았던가?"

"운이 좋았습니다."

철검서생이 힘겹게 입을 열었다.

"크, 누군가는 운도 실력이라더군."

자우령의 입에서 실소가 터져 나왔다.

웃음을 멈추고 한참이나 피를 토해내던 자우령이 다시 입을 열었다.

"마무리를 부탁해도 되겠나?"

"……."

"부탁하네."

"후우."

철검서생의 입에서 짙은 한숨이 흘러나왔다.

그래도 마지막 부탁을 거절할 수 없었던 철검서생이 자우령을 향해 천천히 걸음을 옮겼다.

고맙다는 눈인사를 한 자우령이 지그시 눈을 감았다.

철검서생이 검을 치켜 올렸다.

하지만 그는 검을 움직일 수가 없었다.

언제부터인가 한 노인이 그를 바라보고 있었다.

철검서생은 심장이 덜컥 내려앉을 정도로 놀랐다.

아무리 자우령과의 승부에 지쳐 있었다지만 그토록 가까이에 접근할 때까지 눈치채지 못했다는 것은 말이 되지 않는 일이었다.

노인은 뒷짐을 진 오연한 자세로 철검서생을 바라보다 말했다.

"네가 철검서생이더냐?"

노인의 하대에도 철검서생은 아무런 위화감을 느끼지 못했다.

"그렇습니다. 노인장은 누구신지요?"

철검서생이 최대한 조심스레 물었다.

"그건 저 친구에게 물어봐라."

어느새 눈을 뜬 자우령이 노인을 보며 피식 웃고 말았다.

"이제 오신 겁니까? 참 빨리도 오셨소."

"쯧쯧, 그 꼴이 뭔가? 이런 꼴을 보려고 온 것은 아니라네."

노인이 미간을 찌푸리며 말했다.

"그러게 조금만 더 일찍 오셨으면 이런 일은 없었을 것 아닙니까?"

노인을 향해 툴툴거린 자우령이 심각한 표정으로 노인의 정체를 유추하고 있던 철검서생에게 노인을 소개했다.

"지금쯤이면 짐작은 했겠군. 장강무적도 뇌하 선배라네."

"역… 시 그렇군요."

철검서생은 검을 쥔 손에 힘이 들어가는 줄도 모를 정도로 잔뜩 긴장을 했다.

장강무적도라면 정상적인 상태로 싸운다고 해도 솔직히 대적할 수 있을지 장담할 수 없는 최강의 상대였다. 그런 고수를 그야말로 최악의 상황에서 만남 셈이었다.

"걱정하지 마라. 쓰러지기 일보 직전의 상대와 드잡이질을 할 생각은 없으니까."

철검서생의 반응을 간단히 무시한 뇌하가 자우령을 부축해 일으켰다.

"맹주는 어디에 있나?"

"패왕사 안에 있습니다."

"그럼 일단 그쪽으로 가도록 하지."

자우령을 부축해 패왕사로 이동하던 뇌하가 문득 걸음을 멈추더니 철검서생에게 고개를 돌렸다.

"처음엔 어떤 식으로 공방을 펼쳤는지 모른다. 하지만 이 친구와 함께 무아지경에 이르기 전에 보여주었던 무공은 위력이 뛰어날는지는 몰라도 내가 전해 들었던, 상대로 하여금 스스로 무릎을 꿇게 한다는 철검서생의 무공이 아니었다."

철검서생의 얼굴이 벌겋게 달아올랐다.

"단순히 날카롭고 살기가 짙어진다고 해서 강해지는 것은 아닌 법. 무아지경에 이르고서야 진정한 군자팔검을 보았으니 그때를 기억해 본다면 틀림없이 도움이 될 것이다."

순간, 철검서생은 한줄기 빛이 뇌리를 관통하는 느낌을 받았다.

깨달음은 한순간에 찾아왔다.

철검서생은 뇌하에게 고맙다는 인사를 할 여유도 없이 눈을 감았다.

"남들이 알면 미쳤다고 할 겁니다. 적에게 깨달음을 안겨 주다니요."

자우령이 핀잔 아닌 핀잔을 던졌다.

"그러게. 늙어 망령이 든 것은 아닌지 몰라. 지금이라도 가서 해치워 버릴까?"

뇌하의 말에 자우령이 어이없다는 듯 고개를 흔들었다.

"그저 둘의 대결을 지켜보고 느낀 점이 있어서 말해준 것이라네. 안에서 자신을 들여다보는 것과 외부에서 지켜보는 것은 천지 차이지. 몇 마디 말에서 깨달음을 얻을 수 있다면 그건 순전히 저놈의 복일세."

"우리에겐 장차 재앙이 될 겁니다."

"그땐 자네가 막으면 되겠지."

"지금도 이 꼴이 되었는데 무슨 재주로 그를 막으라는 말입니까?"

"설욕을 해야지. 설마하니 이대로 주저앉을 생각인가?"

"……."

자우령은 대답하지 않았다.

하지만 그의 눈에서 활활 타오르는 불길을 확인한 뇌하는 모른 척 웃고 있었다.

第三十五章
초진창

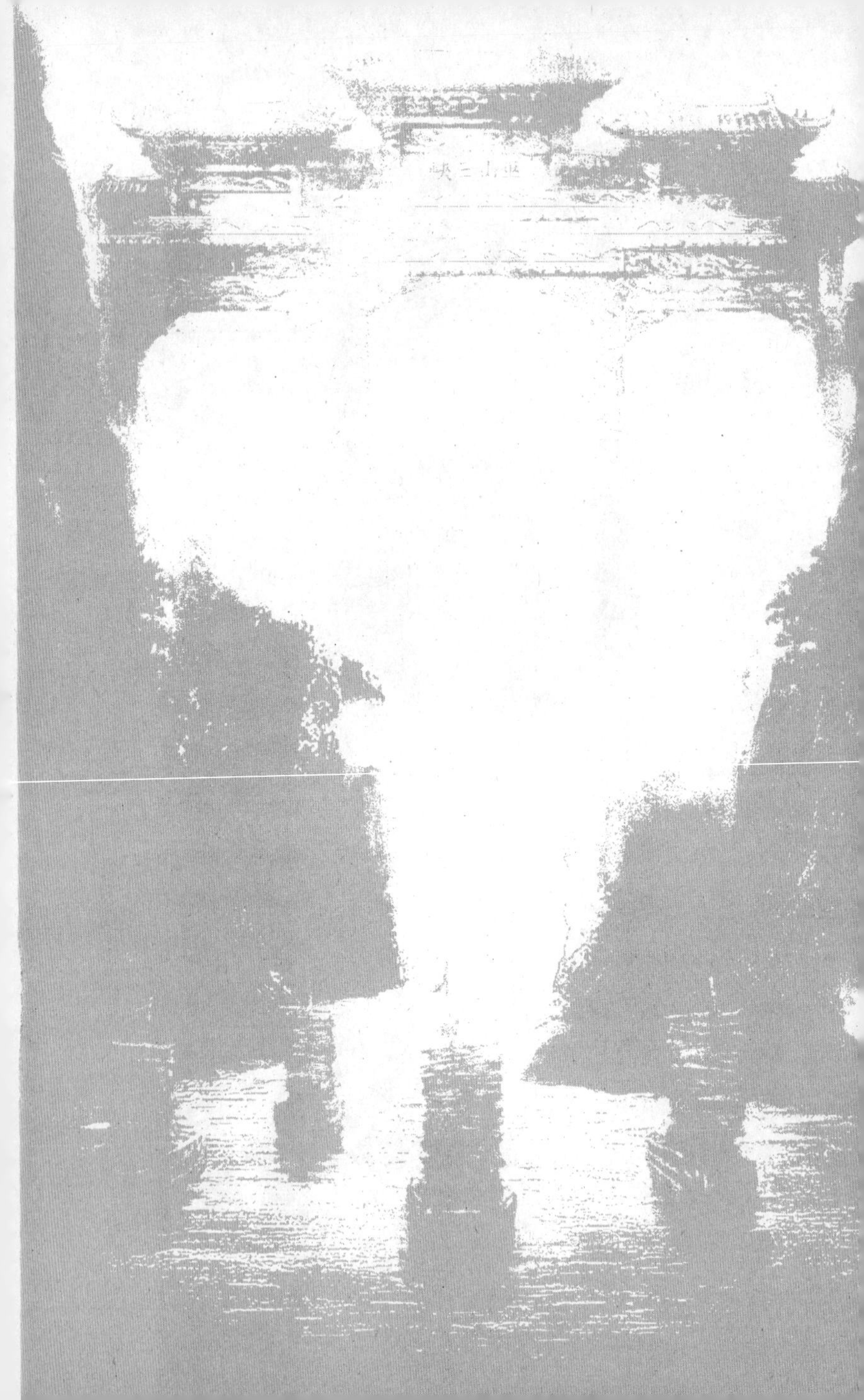
巫山三峡

"아, 안 돼! 안 된다, 이놈들아!"

양다리가 끊어진 광허 진인이 땅바닥을 기며 울부짖었다.

그런 광현 진인을 무심한 얼굴로 바라보던 천검이 수하들에게 눈짓을 보내자 대기하고 있던 수하들이 들고 있던 횃불을 자소궁에 집어 던졌다.

"아, 안 돼!"

광허 진인의 외침을 비웃듯 곳곳에서 치솟은 불길은 이내 거대한 화마(火魔)가 되어 자소궁 전체를 집어삼키기 시작했다.

"아, 안… 커헉!"

격동을 참지 못한 광허 진인이 피를 토하며 그대로 혼절하고 말았다.

차라리 그게 나았다.

다섯 살 어린 나이에 사부의 손을 잡고 무당파에 입문하여 장문인 자리까지 오른 광허 진인에게 무당파는 그의 삶이자 목숨이나 다름없었다.

무당파가, 심장인 자소궁이 불타는 모습을 지켜본다는 것은 그에게 다시없을 고통일 것이었다.

자소궁을 시작으로 무당산 곳곳에서 불길이 타오르기 시작했다.

오룡궁에서, 옥허암에서, 윤회암에서, 그리고 마지막으로 남암궁(南岩宮)에서 거센 불길이 치솟았다.

불길에 완전히 뒤덮인 자소궁을 물끄러미 바라보던 천검이 남암궁을 점령하고 돌아오는 목유승을 향해 공손히 허리를 숙였다.

"수고하셨습니다, 장로님."

"수고는 무슨. 그저 자네가 차려놓은 상에 젓가락 하나만을 얹었을 뿐인 것을."

껄껄 웃은 목유승이 때마침 불에 타 떨어지는 자소궁의 현판을 보곤 혀를 찼다.

"쯧쯧, 천하의 무당파가 어쩌다가……."

지금 무당산 곳곳에서 벌어지는 참사가 자신들과는 전혀 상관없다는 듯 얼굴 가득 안타까움이 가득했다. 무당파 제자들이 본다면 그야말로 피를 토하고 쓰러질 일이었다.

"그런데 이래도 괜찮은지 모르겠습니다."

자신이 무당파를 짓밟고 있다는 것을 여전히 실감하지 못하고 있는 천선채 장로 채당이 걱정스런 얼굴로 말했다.

"뭐가 말이냐?"

"소림사와 무당파는 황궁에서 인정하고 돌보는 곳입니다. 말코들이야 상관이 없겠지만 도관까지 잿더미로 만들면 황궁에서 어찌 나올지……."

채당은 말끝을 흐리며 목유승의 눈치를 살폈다.

괜한 말로 그의 심기를 불편하게 하는 것은 아닌지 두려워하는 빛이 역력했다.

"흠, 생각해 보니 그도 그렇구나. 황궁과 엮이면 골치 아파지는데. 소림사를 단순히 봉문만 시킨 것도 그런 이유였으니까."

목유승이 다른 두 명의 장로와 눈짓을 교환하며 이맛살을 찌푸리자 천검이 미소를 지으며 고개를 흔들었다.

"너무 걱정하지 마십시오, 장로님."

목유승과 장로들이 동시에 천검에게 시선을 돌렸다.

"무당파가 황궁과 관계가 있는 것은 맞지만 직접적인 연관이 있는 곳은 금전(金殿)입니다. 금전만 건드리지 않으면 황궁이 개입하는 일은 없을 것입니다. 뭐, 불쾌해하기는 하겠지만 그거야 그놈들 마음이니까 상관할 것은 없지요."

"아! 그래서 금전으로 도주하는 놈들을 그냥 놔주라고 한 거군요."

채당의 물음에 천검이 고개를 끄덕였다.

"그렇습니다. 또한 인원도 몇 되지 않았고 어차피 대세와는 상관없었으니까요."

천검의 말이 끝나는 것과 동시에 그때까지 형체를 유지하고 있던 자소궁이 더 이상 버티지 못하고 폭삭 주저앉고 말았다.

"끝났군."

천검이 조용히 중얼거렸다.

그리고 바로 그 시각, 근래 들어 세가 많이 약해지기는 했어도 전통의 명문으로 인정받고 있는 항산파 또한 소림사를 봉문시키고 곧바로 북진한 천추일대와 이대, 그리고 항산파에 가려 늘 이인자 취급을 받던 북태파(北台派)의 전격적인 기습을 받고 철저하게 무너지고 말았으니 문주 이하, 삼백 오십에 이르는 제자들이 모조리 목숨을 잃고 말았다.

그것뿐만이 아니었다.

구룡상회와 용천방의 합공을 받은 황보세가 역시 참화를 면치 못했는데 황보세가의 가주 황보문(皇甫紋)은 항복을 하고 천추세가를 섬기면 목숨만은 살려주겠다는 제의를 단숨에 묵살하고 홀로 오십이 넘는 적을 쓰러뜨리면서 황보세가의 마지막 자존심을 지켜냈다.

황보문의 죽음을 끝으로 사백 년 전통을 자랑하던 황보세가는 완전히 몰락하고 말았다. 몇몇 식솔이 탈출에 성공하기는 했지만 과거의 영화를 찾을 수 있을 거라 기대하는 사람은 아무도 없었다.

한날한시에 벌어진 네 곳의 싸움.

세 곳은 천추세가의 완벽한 승리로 귀결되었고 남은 곳은 단 한 곳뿐이었으니 천추세가의 군사 소숙이 가장 중요하게 여기고 우려를 하는 패왕사에서의 전투였다.

* * *

날카로운 파공성과 함께 수십 발의 화살이 날아들었다.

"으아악!"

"크악!"

갑작스레 날아온 화살에 제대로 방비를 못한 무룡문(武龍門)의 제자들이 힘없이 쓰러졌다.

단 한 번의 공격에 쓰러진 자들이 이십에 육박했다.

화살 공격에서 살아남은 자들을 향해 황호대원들이 사방에서 공격을 시작했다.

"한 놈도 살려두지 마라!"

늘 그렇듯 거대한 쌍부를 휘두르며 가장 앞서 달리는 호태악을 따라 황호대원들이 일제히 함성을 지르며 질주했다.

저마다 함성을 지르고 달려가는 그들의 얼굴에선 죽음에 두려움이나 공포 따위는 찾아보기 힘들었다.

채채챙!

서로의 무기가 부딪치면서 튀어 오르는 불꽃이 장강의 갈대밭을 환히 밝혔다.

재빨리 전열을 정비한 무룡문의 제자들이 곧바로 반격을 시작했지만 완벽한 포진으로 습격을 하는 황호대를 당해낼 수는 없었다.

황호대가 매복을 하고 있는 무룡문을 발견하고 역으로 기습을 한 뒤 싸움 끝나기까지 걸린 시간은 고작 일각에 불과했다.

장강수로맹의 지원군을 차단하라는 명을 받고 출동한 육십의 문도가 모조리 전멸을 당한 것이다.

이번이 벌써 세 번째였다.

유대웅을 구하기 위한 지원군으로 가장하고 장강의 갈대

밭에 은밀히 상륙한 황호대는 그야말로 폭풍과도 같은 기세로 적진을 헤집고 다녔다.

그사이 큰 위협도 없었다.

그들의 행보가 워낙 전광석화 같아서 비교적 넓은 장소에 포진해 있는 적들이 합칠 시간을 주지 않았기 때문인데 이는 그들의 잘못이라기보다는 황호대의 움직임을 미리 포착하고 파악해서 알려주어야 할 주변의 세작들이 하오문과 은영문의 활약으로 거의 청소가 되었기 때문이었다.

하지만 언제까지 그럴 수는 없었다.

장강 주변에 무사히 상륙한 황호대는 완벽한 위장을 위해 패왕사가 있는 곳으로 방향을 잡았고 위로 치고 올라가면 올라갈수록 매복을 하고 있는 인원과 전력이 강해졌다.

이동하는 속도는 조금씩 느려졌고 피해도 늘어나기 시작했다.

사방으로 흩어졌던 적들이 퇴로를 차단하며 포위망을 구축하기 시작했고 이동 경로엔 더욱 막강한 방어막을 쳤다.

그럼에도 황호대는 걸음을 멈출 수가 없었다.

적들이 자신들을 노리고 뻔히 기다리고 있는 곳을 향하여 주저 없이 몸을 날렸다.

이유는 하나였다.

그들은 장강수로맹 맹주를 구하기 위한 미끼였다.

"크아악!"

마지막 단말마를 끝으로 치열한 혈전이 끝이 났다.

물론 완전한 끝이 아니라는 것을, 또 다른 적들이 끊임없이 몰려올 것이라는 것은 모두가 알고 있는 사실이었다.

"후아~"

호태악이 얼굴에 튄 핏자국을 쓰윽 닦으며 크게 숨을 내뱉었다.

제법 오랜 시간을 싸워왔지만 아직까지 몸 상태는 양호했다. 상처라고 해봐야 팔뚝을 조금 베인 것이 전부였다.

"다들 어때?"

호태악의 외침에 피로 물든 갈대밭 곳곳에서 함성이 터져 나왔다.

승리를 자축하는 외침이 아니라 아직까지 살아 있음을, 여전히 싸울 수 있음을 확인하는 것이었다.

하지만 날카로운 눈으로 주변을 훑어보는 호태악은 지금의 싸움으로 또다시 상당한 인원이 목숨을 잃었음을 확인할 수 있었다.

적진으로 뛰어든 지 벌써 한 시진, 육십에 가까운 인원이 목숨을 잃었다.

말이 좋아 육십이지 황호대 전체로 따졌을 때 삼분지 일에 가까운 인원이었다.

중요한 것은 앞으로 얼마나 많은 인원이 쓰러질지 모른다는 것에 있었다.

"피해가 조금 늘었구나."

마독이 호태악에게 다가왔다.

적지 않은 싸움을 겪었으면서도 한 점 흐트러짐도 없는 마독의 모습을 보면서 호태악은 기가 질렸다.

"상대가 제법 강했수."

"하긴 흑살방(黑殺幇) 놈들이 조금 지독한 면이 있지."

마독이 이해한다는 듯 고개를 끄덕였다.

"그나저나 이거 정말 웃기는 일 아니오?"

"뭐가 말이냐?"

"조금 전엔 비학문(秘學門)인가 지랄인가 하는 놈들하고 싸웠는데 이번엔 흑살방이라니. 전혀 성격이 다른 놈들이 손을 잡고 우리를 공격하는 것이잖수."

"살아남기 위함이지. 그들 뒤에 천추세가가 있다는 것을 알지 않느냐? 지금껏 드러난 천추세가의 무인들을 보면 딱히 백도다 흑도다 규정할 수 없는 자들이 부지기수다. 천추세가에 굴복한 이상 그런 것은 말장난에 불과한 것이지. 그냥 천추세가의 시중을 드는 손발에 불과할 뿐이야."

"칫! 병신 같은 놈들! 제대로 싸워보지도 않고."

누런 가래침을 탁 뱉은 호태악이 뒤쪽을 힐끗 바라보며 물었다.

"적호대는 괜찮답니까?"

마독이 빙그레 웃었다.

"왜? 신경 쓰이느냐?"

"얼어 죽을! 신경은 무슨. 그냥 하가 놈이 잘하고 있는지 궁금해서 그런 거요."

"그쪽도 제법 피해가 발생한 모양이긴 하다만 네가 신경 쓰지 않아도 괜찮을 만큼 나름 잘하고 있다. 그나마 적호대가 후미에서 버텨주는 바람에 네 녀석들이 포위공격을 당하지 않는 것이야."

"흥! 그깟 도움 없어도 문제없으니까 지들이나 잘하라고 하쇼. 쓸데없이 뒈지지 말고."

툴툴거리는 말투에서 적호대에 대한 걱정이 은근히 드러났다.

"그런데 우린 언제까지 놈들과 싸워야 하는 거요? 지금까지는 큰 문제가 없다고 해도 적의 수가……."

호태악은 자존심 때문인지 차마 말을 잇지 못했다.

"지금쯤이면 맹주님을 구하기 위한 병력이 도착을 했을 것이다. 그때까지다. 맹주님만 무사히 구해냈다는 소식이 전해지면 바로 회군하면 돼."

"회군도 쉽지는 않을 것 같수. 퇴로도 막혔고."

"걱정하지 마라. 퇴로가 차단되었다고 해도 뚫지 못할 정도는 아니다. 게다가 우리를 이대로 버려두고 갈 위인들이 아니야."

"누가 걱정을 한다는 거요? 난 그냥 상황이 어찌 돌아가는 것인지 궁금했을 뿐이오."

괜히 언성을 높인 호태악이 바삐 움직이며 전열을 재정비시키던 두천행을 불렀다.

"어때?"

"아직까지는 괜찮습니다. 부상자도 별로 없고."

"대신 죽은 놈이 많잖아. 등신들같이."

인상을 확 찌푸린 호천악이 말을 이었다.

"이제 곧 끝날 것 같으니까 조금만 더 버티라고 해."

"알겠습니다."

"뒈지지 않도록 명줄 꽉 붙잡으라는 말도 전하고."

"예. 그리 전하겠습니다."

대답하는 두천행의 입가에 미소가 걸렸다.

"뭐야? 왜 웃어?"

"그거 아십니까, 대주?"

"뭐를?"

"예전부터 느껴오던 건데 어느 순간부터 말이 참 많아졌습니다, 대주."

"뭐, 뭐야? 누, 누가……."

"그렇다고 당황하실 건 없고요. 그냥 그렇다고요."

두천행의 말에 곳곳에서 키득거리는 웃음이 터져 나왔다.

"이것들이 어디서 웃고 지랄이야!"

호태악이 두 눈을 부라렸지만 그걸 겁내는 대원은 아무도 없었다.

*　　*　　*

'이제 마지막이다.'

긴장감 때문인지 송유의 입술은 바싹 말라 있었고 꽉 쥔 주먹은 땀으로 흥건했다.

밖으로 나온 당학운을 패왕사 내부로 데리고 돌아오던 순간, 눈앞에 펼쳐진 광경에 얼마나 놀랐던가!

정신을 잃고 있던 유대웅이 가부좌를 틀고 앉아 운기조식을 하고 있었고 십수 년 전에 세가를 떠나 무림을 주유하던 당성이 그런 유대웅의 운기조식을 돕고 있었다.

무엇보다 놀라운 것은 송하연이 유대웅에게 금침대법을 펼치고 있다는 것.

직접 본 것은 아니지만 상황상 환혼금선단을 복용시킨 것이 분명했다.

당성의 도움으로 까다로운 조건이 어느 정도 완화되었고 위험도 다소 줄어든 듯 보였으나 지금처럼 선천지기가 미쳐 날뛰는 상황에서 금침대법을 사용한다는 것이 말처럼 쉬운 것이 결코 아니었다.

환자를 죽이는 것은 물론이고 자칫하면 시침을 하는 송하연까지도 해를 입을 수 있었다.

화가 머리끝까지 치밀었다.

그렇다고 이미 시작된 치료를 멈출 수도 없었다. 그저 성공하기를 간절히 기원하며 지켜볼 뿐이었다.

"너무 걱정하지 말게. 잘될 거야."

송유와는 달리 당학운은 성공을 확신한다는 듯 태연한 얼굴이었다.

그는 유대웅을 믿었다.

그리고 그를 반드시 살리고 싶어 하는 송하연의 바람과 실력도 굳게 믿고 있었다.

뇌하가 부상당한 자우령을 부축하여 패왕사 안으로 들어온 것은 두사람의 간절한 기대를 한 몸에 받은 송하연의 금침대법이 절정에 이르렀을 때였다.

"이, 이게 어찌 된 일입니까?"

당학운과 송유가 힘겹게 걸어오는 자우령을 보며 두 눈을 동그랗게 떴다.

"어찌 되긴. 패했다네. 강하더군, 철검서생."

자우령의 입가에 씁쓸한 미소가 지어졌다.

"어, 어서 누우시지요."

송유가 자우령을 옷가지 몇 개를 깔아 놓은 바닥에 뉘었다.

손에 입은 부상이 심해 시침을 제대로 펼칠 수는 없었지만 급한 치료는 할 수 있었다.

송유가 자우령을 살피는 사이 뇌하는 유대웅에게 금침대법을 펼치고 있는 송하연을 보며 감탄을 금치 못했다.

"대단하군."

아직 스무 살도 채 되어 보이지 않은 나이에 전광석화 같은 손놀림하며 외부로 향하는 귀와 눈을 닫고 오직 시침에만 전력을 다하는 그녀의 집중력은 절대 평범한 것이 아니었다.

"성수의가에서도 기대하는 재녀입니다."

당학운이 흐뭇한 미소를 지으며 대꾸했다.

"그런데 언제 도착하신 겁니까?"

"방금 전에 도착했네. 못 볼꼴을 보고 말았지."

뇌하가 자우령을 힐끗 바라보며 말했다.

가만히 누워 눈을 감고 있던 자우령의 볼이 씰룩였다.

"하면 장강수로맹에서도 도착을……."

"아직일세. 굼벵이 같은 놈들. 출발한 지가 언제인데."

"그래도 선배께서 와주시니 이리 든든할 수가 없습니다."

"쓸데없는 소리는. 그나저나 자네는 또 왜 이 꼴인가?"

"철검서생에게 당했습니다."

당학운이 쓰게 웃었다.

"자네도?"

뇌하가 깜짝 놀라며 되물었다.

"그렇게 되었습니다."

"그, 그렇군."

고개를 끄덕이는 뇌하의 음성이 어딘가 어색했다.

그도 그럴 것이 방금 전, 당학운과 자우령을 패퇴시킨 철검서생에게 깨달을 얻을 수 있는 단초를 제공하지 않았던가.

적이라는 것을 떠나 무의 끝을 바라보는 동지로서 나름의 조언을 한 것이었지만 결과적으로 여러 사람에게 몹쓸 짓을 한 셈이었다.

그것을 알 길 없는 당학운은 뇌하라는 든든한 조력자가 도착한 것에 더없이 기뻐하고 있었다.

"하아!"

여러 사람의 우려를 씻어내고 마지막 시침까지 무사히 해낸 송하연이 안도의 한숨을 몰아쉬며 뒤로 물러났다.

이마에 맺히다 못해 볼을 타고 줄줄 흘러내리는 땀줄기는 그녀가 금침대법을 성공하기 위해 얼마나 심력을 소비했는지 제대로 보여주고 있었다.

"애썼다."

당학운이 그녀의 등을 두드리며 격려했다.

"아니에요. 어르신의 충고가 없었다면 저는 결코……."

송하연의 음성은 다급한 손짓으로 그녀를 부르는 송유로 인해 끊어지고 말았다.

송하연이 뇌하에게 제대로 인사도 하지 못하고 송유에게 달려간뒤 얼마후, 유대웅의 명문혈에 진기를 불어넣으며 운기조식을 돕고 있던 당성이 명문혈에 대고 있던 손을 떼고 천천히 일어났다.

"형님!"

당학운이 떨리는 음성으로 당성을 불렀다.

당학운과는 달리 당성은 아침나절에 얼굴을 본 사람처럼 가볍게 웃으며 손을 들었다.

"오랜만일세, 아우."

"오랜만지요. 예, 오랜만이고말고요."

당학운의 눈시울이 살짝 붉어졌다.

당성의 얼굴을 못 본 지 십수 년이 흘렀다. 과연 죽기 전에 다시 볼 수 있을까 걱정을 하다 지금처럼 극적인 상황에서 만나게 되니 감격에 겨웠다.

"몸이 말이 아니군. 철검서생에게 당했다면서?"

"어찌 아셨습니까?"

"방금 들었네."

당성이 턱짓으로 유대웅을 가리켰다.

유대웅에게 진기를 불어넣으면서도 귀는 열려 있었다는 것을 말하는 것이리라.

"오랜만에 뵙습니다, 선배님."

당성이 뇌하를 향해 정중히 인사를 했다.

"오랜만이네. 한 이십 년쯤 되었나?"

과거 당성과 몇 차례 인사를 주고받았던 뇌하도 반갑게 인사를 했다.

"예. 파양호에서 뵈었으니까 대충 그 정도 되었을 겁니다."

"그렇군. 세월 참 빨라."

"선배께서 장강수로맹에 투신했다는 소문은 듣고 있었습니다."

"헛소문이야. 그냥 증손자놈 때문에 잠시 머물고 있을 뿐이네. 뭐, 대접도 그런대로 괜찮고."

뇌하의 말에 당성과 당학운이 동시에 웃음 지었다.

"오랜만에 만났으니 술이라도 한잔하면서 회포를 풀어야 하지만 이거 영 상황이 좋지 않군."

뇌하가 바깥에서 들려오는 비명 소리에 인상을 찌푸리며

말했다.

"회포야 언제든지 풀 수 있는 것이지요. 일단 급한 불은 끄는 게 좋겠습니다."

"괜찮겠습니까, 형님?"

당성이 유대웅을 돕기 위해 진력을 소모한 것을 상기한 당학운이 염려스런 얼굴로 물었다.

"괜찮아. 그냥 약간의 도움만 주었을 뿐이야. 애당초 내 힘이 미칠 상황이 아니라네."

당학운을 다독인 당성이 성큼성큼 앞서 나가는 뇌하를 따라 걸음을 옮겼다.

무림십강 중에서도 손꼽히는 장강무적도 뇌하와 이미 오래전부터 무림십강에 버금간다고 알려졌던 당가의 전대 가주 당성.

패왕사의 문을 박차고 나가는 둘의 모습에 당학운은 자신도 몸을 부르르 떨었다.

* * *

"밤이 깊었는데 아직도 주무시지 않으신 겁니까?"

한호가 술병 하나를 내밀며 물었다.

"그러는 가주께선 어째서 이 시각까지 깨어 있는 것입니까?"

소숙이 웃으며 물었다.

"하하! 사부께서 이러고 계실 줄 알았으니까요. 홀로 밤을 지새우시는 것보다는 그래도 함께가 나을 것이라 생각했습니다."

"그도 그렇군요."

소숙은 한호가 건넨 잔을 받았다.

"쓰군요."

소숙이 미간을 찌푸렸다.

"상당히 괜찮은 술이라고 했는데 이상하네요. 원래 그 작자가 이상하긴 하지만."

"누구를 만나신 겁니까?"

"광의를 만나고 왔습니다."

"예? 광의를요?"

소숙이 깜짝 놀라 물었다.

"예. 별일 아니었습니다. 사부께서 돌아가신 후, 갑자기 저를 찾아왔기에 만나봤더니 이 술을 내밀더군요. 그저 고맙다는 인사를 하고 싶었다나요."

"……."

"몽몽환을 만드는 약재로 담근 술이라고 합니다. 기력 회복에 좋다고……."

"들으셨습니까?"

소숙이 조용히 물었다.

"뭐를요?"

한호가 입가에 웃음을 가득 지으며 되물었다.

"아셨군요."

"하하! 이 제자는 사부가 무슨……."

"광의가 원했습니다. 그리고 기왕 강한 재료를 원했으니 원하는 대로 해주자고 생각을 했지요."

"그래도 너무 강한 재료입니다."

입가에 웃음은 사라졌지만 화가 난 표정은 아니었다.

"실패할 가능성이 높지만 성공만 하면 정말 막강한 무기를 지니게 됩니다."

"그렇기는 하지만 광의가 과연 순순히 내어줄까요?"

"목숨을 아까워하는 자입니다. 아니, 목숨보다는 연구를 더 원하는 자라고 해야겠군요. 그자가 원하는 만큼 모든 것을 얻을 수 있는 곳은 여기뿐입니다."

"그럼 믿어도 되겠군요."

소숙의 단언에 한호가 씨익 웃은 한호가 술잔을 비웠다.

그리곤 놀랍다는 듯 말했다.

"지금 이렇게 달달한 술이 쓰다고 하신 겁니까? 많이 초조하신가 봅니다."

한호가 빈 잔을 받으며 물었다.

"초조하기보다는 조금 걱정이 되긴 합니다."

"무엇이 그리 걱정되시는 겁니까?"

"아시지 않습니까?"

소숙이 한호에게 술을 따르며 말했다.

"하하하! 다들 잘해낼 것입니다. 너무 걱정하지 마십시오."

"물론 믿고는 있습니다. 무당파는 불사완구의 괴력에 철저하게 괴멸될 것이고 항산파와 황보세가 또한 결코 아침 해를 보기 힘들 것입니다. 다만 문제는……."

"예. 유대웅. 바로 그자라는 것이지요?"

"그렇습니다. 패왕사를 공격하기 위해 움직인 병력을 고려했을 때 그럴 일은 없을 것이라 생각은 하지만 변수가 너무 많습니다."

"이것 참. 아까 제방에선 절대로 빠져나갈 구멍이 없다고 하셨습니다. 그토록 자신하셨던 분이 왜 갑자기 이리 약해지신 겁니까?"

"늙은이의 노파심입니다."

갑작스런 농담에 한호의 두 눈이 동그래졌다.

"장강무적도가 포착되었습니다."

순간, 한호의 움직임이 멎었다.

"움직이지 않았다고 들었는데요."

"장강수로맹의 병력과는 따로 움직인 모양입니다."

"어디서 발견한 것입니까?"

"청강(青康) 지역입니다. 취운각의 요원이 패왕사로 가는 길을 묻는 뇌하의 모습을 우연찮게 포착했다고 합니다."

"확실합니까?"

"팔 할 이상으로 보고 있습니다."

"음."

한호의 입에서 묵직한 신음이 흘러나왔다.

팔 할 이상이라면 거의 확실하다는 것.

장강무적도 뇌하라면 분명 판을 뒤흔들 큰 변수였다.

"미리 조취를 취하기는 했지만 걱정이 큽니다."

"예? 미리 조취를 취하셨다고요?"

"그렇습니다."

"하면 사부께선 장강무적도가 움직일 것을 예상하셨다는 겁니까? 장강수로맹의 진영에서 그를 발견하지 못하셨는데 말이지요."

"만약의 가능성에 대비해야 했습니다."

"그런데 뭐를 걱정하십니까? 조취를 취하셨다면서요."

"다른 사람도 아니고 장강무적도입니다. 승리를 거둔다고 해도 많은 피해는 피할 수 없을 것입니다. 이 사부는 그것을 걱정하는 것입니다."

"그만한 고수를 상대하자면 그야 어쩔 수 없는 것이겠지요."

다소 굳어진 표정으로 술잔을 비운 한호가 문득 생각났다는 듯 물었다.

"그런데 어떤 조치를 취하신 겁니까? 설마하니 군림대를 그쪽으로 보낸 것은 아니실 테고요."

"그들이 움직인다고 해도 이미 늦었지요."

"하면 누구를 보낸 것입니까?"

궁금함을 참지 못하는 한호의 얼굴을 보며 소숙의 입가에 비로소 미소가 피어올랐다.

"하후세가를 움직였습니다."

* * *

위진대가 본격적으로 나서기 시작하자 전황은 급격히 기울었다.

열화기와 천하대를 연이어 물리치며 기세를 올렸던 매화검수도, 이제 몇 안 되는 호천단원도 위진대와는 몹시 힘든 싸움을 해야 했다.

개개인이 화산파 최정예라는, 그것도 유대웅과 매일같이 비무를 하며 실력을 키운 매화검수와 비슷한 실력을 지닌 위진대는 매화검수가 매화검진을 펼치며 단단히 방어를 하는 중심보다는 상대적으로 취약한 좌우에 힘을 집중했다.

그로 인해 지금껏 살아남은 정무맹의 무인들은 물론이고 황하련, 팽가의 무인들까지 그 수가 급격히 줄어들었다.

그나마 백천을 쓰러뜨린 이후, 자신감에 불타던 한절이 상관화에게 일격을 당하지 않았다면 위기는 더 빨리 찾아왔을 터.

염단을 물리친 청우와 누구보다 활발히 전장을 누비고 있는 적우, 단혼마객의 지원 덕에 겨우 버티고는 있었지만 무너지는 것은 시간문제였다.

바로 그때 패왕사의 문이 열리며 두 명의 노고수가 등장했다.

장강무적도 뇌하와 사천무제 당성.

모습을 보이는 것과 동시에 팽완을 패퇴시키며 건방이 하늘을 찌르던 파옥권 개욱을 날려 버린 뇌하와 자신에게 달려드는 위진대 대원 세 명의 이마에 비침을 꽂아 넣은 당성의 출현에 천추세가는 긴장할 수밖에 없었다.

반대로 죽을 시간만 기다리고 있던 군웅들은 눈물을 흘릴 정도로 기뻐하며 그들의 출현을 반겼다.

'증조부님.'

주먹을 꽉 움켜쥐는 상관화의 얼굴은 누구보다 밝았다.

"크하하하! 이제야 오셨구려. 장강무적도 선배!"

섬전귀 번창의 목숨을 빼앗느라 힘을 많이 소비한 덕에 강소일기 문일청과 상당히 힘든 싸움을 하고 있던 뇌우가 재빨리 물러나며 소리쳤다.

뇌우가 장강무적도라는 별호를 굳이 앞세운 것은 뇌하라는 이름보다는 장강무적도라는 별호가 세상에 더욱 잘 알려졌기 때문이었다.

그 효과는 당장 나타났다.

"장강무적도!"

"무림십강!"

군웅들은 새롭게 나타난 조력자가 그 유명한 장강무적도 뇌하라는 사실에 열광했으며 반대로 천추세가는 깊은 침묵에 빠져들었다.

특히 대장로 양조굉의 반응은 더욱 심각했다.

한데 그의 눈은 놀랍게도 뇌하가 아니라 눈물을 흘리는 당령을 품에 안고 머리를 쓰다듬어 주고 있는 당성에게 향해 있었다.

장강수로맹의 지원이 있을 가능성이 높고 어쩌면 거기에 장강무적도가 끼어 있을 수 있다는 사실을 미리 알고 있던 양조굉은 뇌하보다는 당성의 출현에 더욱 놀라고 있었다.

'사천무제 당성. 저자가 어째서 여기에.'

당성의 정체를 정확히 파악한 양조굉의 눈이 무겁게 가라앉았다. 지금과 같이 집단전의 상황에서 뇌하도 무섭지만 당성의 독공은 더욱 무서웠다.

당성의 존재를 확인한 양조굉은 그 즉시 위진대를 물렸다. 그러곤 녹림십팔채 병력을 본격적으로 투입하기 시작했다.

"망할 놈들 같으니!"

오척단구에 눈가에 큰 칼자국을 지닌 비마가 욕설을 내뱉었다.

"공을 세울 기회도 제대로 주지 않고 무시를 하더니만 제 놈들 피해가 클 것 같으니까 우리를 내세우는군."

"어쩔 수 없지. 그게 약자의 설움이니까."

음양쌍괴 중 형인 동교(東交)가 씁쓸히 말했다.

"상관없잖아. 언제 장강무적도라고. 이제 퇴물일 뿐이야."

동생 동계(東計)가 살소를 지으며 말했다.

"그럼 우리가 저 늙은이를 맡지. 뇌하와 함께 온 것을 보니 만만치 않아 보여."

비마가 당성을 가리키며 말했다.

그때까지 당성에게 시선을 떼지 않던 오독마녀가 침을 꿀꺽 삼키며 말했다.

"만만치 않은 정도가 아냐, 오라버니. 저 인간이 바로 사천무제 당성이라고."

"사천… 무제?"

고개를 갸웃거리는 비마를 보고 오독마녀가 답답하다는 듯 쏘아붙였다.

"당가의 전대 가주. 사천무제 당성! 몰라?"

"아! 당연히 알지. 그런데 바로 저 늙은이가 바로 그 당성이란 말이야?"

"맞아."

"개 같은 놈들. 아예 죽으라고 하는구나."

비마가 다시금 욕설을 내뱉었다.

"명령이니까 어쩔 수 없지. 공격하라면 해야지."

동교가 피가 나도록 입술을 꽉 깨물며 손을 들었다.

뒤에 대기하고 있던 삼백 녹림도가 일제히 숨을 죽였다.

"공격하랏!"

공격 명령이 떨어지자 언제나 자신들의 차례가 올까 기다리고 있던 녹림도들이 괴성을 지르며 내달리기 시작했다.

그들 앞에 거칠 것은 없었다.

쓰러져 있는 시신들을 짓밟고 병장기를 걷어차며 달려가는 녹림도를 보며 양조광은 눈살을 찌푸렸다. 특히 수하들에게 절대로 건드리지 말라는 명을 내렸던 비림까지 닥치는 대로 박살 내버리는 만행엔 할 말을 잃었다.

"저! 저!"

비림을 가리키며 말을 잇지 못하는 양조굉을 바라보며 염단이 농을 던졌다.

"죽 쒀서 개줬군."

"지금 농이 나오는가? 황제의 시가 있단 말일세. 개만도 못한 놈들 같으니! 우리가 공격의 불리함을 알면서도 어째서 저걸 그냥 놔뒀는지 생각을 했어야지."

양조굉은 좀처럼 화를 참지 못했다.

"저런 놈들도 있어야지. 그리고 너무 신경 쓰지 말게. 황제가 이곳에 다시 올 것도 아니고 비림을 관리하는 관리들이 어련히 알아서 처리를 할까. 들키면 제 놈들의 목만 날아갈 텐데."

"그렇게 된다면 다행이겠지만……."

양조굉이 한숨을 내쉬었다.

"물론 바로 보고가 올라갈 수도 있겠지만."

"자네!"

"아닐세. 농이야, 농."

웃음을 흘리던 염단이 갑자기 가슴을 부여잡고 기침을 해댔다.

양조굉이 얼른 달려가 그의 몸을 잡았다.

"괜찮은가?"

"괜찮네. 늙어 부상을 당하니 꼴이 말이 아니군."

염단의 시선이 자신에게 부상을 입히고 이제는 노도처럼 공격해 오는 녹림도들을 상대로 맹활약을 펼치고 있는 청우를 바라보며 말했다.

"화산검선이 대단하긴 대단해. 저런 곱추에게 패할 줄은 상상도 못했네."

자조 섞인 염단의 말에 양조광은 위로조차 하지 못했다.

그사이 음양쌍괴 형제는 뇌하와 마주했다.

"음양쌍괴라 하오."

"음양쌍괴? 그렇군. 들은 기억이 있어. 사부의 명을 어기고 몰래 사문의 무공을 빼내다가 쫓겨난 탕아들. 무당파의 떨거지들이 어째서 여기에 있는 것이지?"

조롱 섞인 뇌하의 말에 음양쌍괴의 몸이 그대로 굳었다.

"그 사실을 어떻게……."

"이 나이쯤 되다 보면 듣는 것도 많고 보는 것도 많지. 모르는 것도 알게 되고 아는 것이 모르게 되기도 하고."

"벽에 똥칠하기 전에 그냥 차라리 뒈지는 게 어때? 우리가 그렇게 만들어 주지."

동계가 진한 살기를 뿜어내며 외쳤다.

"가능하면 그렇게 해 보던가."

동계의 도발에도 뇌하는 여유를 잃지 않았다.

더 이상 말을 섞어봐야 좋을 것이 없다고 판단한 음양쌍괴가 뇌하를 앞뒤에서 포위했다.

'호! 제법!'

뇌하의 눈동자에 기광이 흘렀다.

자신을 포위하기 위해 움직이는 음양쌍괴의 동작에서 신묘한 뭔가를 느낀 것이다.

'현천보(玄天步)던가?'

뇌하의 시선이 음양쌍괴의 다리에 고정되었다.

느리지도 빠르지도 않으면서 별다른 변화가 없는 것처럼 보였지만 지면을 스치듯 이동하며 조용히 다가왔다가 조용히 물러날 때마다 땅바닥엔 선명한 발자국이 남았다. 게다가 발자국의 모양새가 어딘지 모르게 태극의 형태를 닮아 있었다.

'태극환영보(太極幻影步).'

음양쌍괴의 보법을 확인하자마자 떠오르는 무공이 있었다.

"양의합벽검진(兩儀合壁劍陣)이로군."

뇌하의 말에 음양쌍괴의 몸이 움찔했다.

"흠, 사문에서 훔쳐왔다는 무공이 바로 양의합벽검진이었구나. 네놈들의 기도를 보니 어설픈 것 같지는 않고 제대로 익힌 모양인데 어디 한번 마음껏 펼쳐 보거라."

양손을 활짝 벌리며 소리쳤다.

"재수없는 늙은이! 양의합벽검진을 안다면 그것이 얼마나 뛰어난 무공인지 알고 있을 터. 도륙을 내주마."

동계가 지지 않고 소리쳤다. 하지만 흥분한 말투와는 달리 그의 눈빛은 차갑게 가라앉아 있었다.

뇌하는 앞뒤에서 조금씩 밀려드는 기운을 느끼며 칼을 비스듬히 세웠다. 본격적인 공격이 시작된 것도 아님에도 그 압박감이 상당했다.

'무당의 무공이라. 오랜만이군.'

긴장감이 즐거움으로 바뀌면서 뇌하의 얼굴에 웃음이 번졌다.

그것을 비웃음이라 생각한 음양쌍괴의 검이 동시에 움직였다.

다른 듯 같은 기운이 뇌하를 향해 짓쳐 들었다.

태극환영보의 신묘한 움직임을 바탕으로 첫 번째 공격이 끝나기도 전에 방향을 바꿔 재차 공격이 이어졌다.

그렇게 연거푸 다섯 번의 공격이 끝나자 온 세상은 음양쌍귀의 검에서 쏟아져 나온 기운에 갇힌 듯 보였다.

"놀랍군. 강하다는 얘기는 들었지만 음양쌍괴가 저 정도 실력을 지니고 있었다니 말이야."

싸움을 지켜보던 양조굉과 염단이 입을 쩍 벌렸다.

과연 뇌하가 어떻게 음양쌍괴의 공격에 대응할지 무척이나 궁금했다.

입가에 비릿한 미소를 지은 뇌하가 손에 든 철검을 가볍게 휘둘렀다.

하지만 아는 사람은 안다.

간단하게 휘두른 것처럼 보여도 눈에 보이지 않을 정도로 빠른 변화가 있었다는 것을.

일격에 삼십육로의 길을 점한다는 낙뢰도법.

순식간에 검기의 해일이 일어 사방으로 흩어졌다.

하나하나에 뇌하의 막강한 내력이 담긴 검기가 음양쌍괴가 뿌린 검기와 부딪치며 새벽하늘을 화려하게 빛내기 시작했다.

자신들의 공격이 순식간에 무위로 돌아갔음에도 음양쌍괴는 전혀 신경 쓰지 않았다.

그 정도에 당할 정도라면 무림십강의 자격이 없는 것. 그를 쓰러뜨릴 무공은 이제부터가 시작이었다.

음양쌍괴가 서로를 마주보며 하얗게 웃었다.

금침대법으로 잠시 진정된 상태긴 하지만 이미 주인의 통제를 따르지 않고 있는 선천지기는 언제라도 다시 폭발하기 위해 힘을 모으며 유대웅을 강하게 압박했다.

하지만 유대웅은 아직 그 힘에 대항할 여유가 없었다.

당성과 송하연의 도움으로 겨우 환혼금선단의 힘을 단전에 안착시킨 그는 임맥과 독맥을 제외한 육맥에 자리 잡고 계속해서 위협을 가하는 선천지기를 피해 겨우겨우 몸을 추슬렀다.

환혼금선단의 힘은 놀라웠다.

뒤틀린 기경팔맥이 조금씩 자리를 잡아가고 크게 흔들린 오장육부의 상처 역시 빠르게 나아지고 있었다.

유대웅은 그 힘을 바탕으로 건청기공을 운기했다.

몸의 균형을 잡아주는 데에는 건청기공만 한 운기법도 없었다.

두 번의 소주천을 마치고 한 번의 대주천을 마치자 유대웅의 단전에 사라졌던 내력의 상당량이 되돌아왔다.

그리고 또 한 번의 대주천이 끝났을 때 그의 내력은 폭발적으로 늘어나 있었다. 심지어 육맥에 잠복해 있는 선천지기를 건드리기 시작했다.

미처 손쓸 틈도 없이 두 힘이 부딪치기 시작했다.

그 여파로 전신 혈맥이 부풀어 오르기 시작하고 수반되는 엄청난 고통에 유대웅의 얼굴이 참담하게 일그러졌다.

옥침혈에서 첫 번째 큰 충돌이 일어났다.

꽝!

망치로 뒤통수를 때리는 듯한 충격에 유대웅의 상체가 휘청거렸다.

만약 쓰러지기라도 했다면 진기의 흐름을 완전히 놓쳐버리고 주화입마에 빠졌을 터. 아마도 그대로 숨이 끊어졌을 것이나 다행히 주화입마에 빠지는 위기는 면할 수 있었다.

단 한 번의 충격으로 목숨을 잃을 뻔한 유대웅은 혼신의 힘을 다해 건청기공을 운용했다.

처음엔 단전에 모인 힘을 바탕으로 선천지기를 갈무리하려 했다. 그러나 그러기엔 선천지기의 힘이 너무 막강했다.

선천지기는 기경팔맥을 미친 듯이 폭주하며 오히려 단전의 힘을 밀어내려 하였다.

결단을 내려야 했다.

어차피 선천지기는 자신의 손을 떠났다.

그에 비해 단전에서 꿈틀대는 힘은 쉽지는 않아도 어느 정도는 제어가 가능했다.

양립할 수 없다면 차라리 한쪽에 힘을 실어주는 것이 낫다고 판단한 유대웅은 단전에 모인 힘에 건청기공의 힘을 더했다.

하지만 싸움은 쉽게 끝나지 않았다.

단전에 쌓인, 환혼금선단의 힘과 건청기공으로 끌어모은 힘이 하나가 되었음에도 폭주하는 선천지기를 좀처럼 밀어내지 못했다. 오히려 영향력을 상실하고 밀리는 쪽은 단전에 자리 잡고 있는 힘이었다.

덕분에 유대웅은 몇 번이고 죽을 고비를 넘겨야 했다.

선천지기를 갈무리 할 방법도 없었고 단전의 힘으로 제어를 하는 것도 불가능하다고 깨달은 유대웅은 결국 마지막 방법을 선택할 수밖에 없었다.

실패하는 순간, 목숨을 걱정해야 하는 위험한 방법.

설사 목숨을 건진다고 하더라도 평생 폐인의 신세를 면치 못하리라.

그래도 지금 선택할 수 있는 방법은 그것이 유일했다.

결정을 내린 유대웅이 운기를 멈추고 가만히 눈을 떴다.

패왕사의 내부의 전경이 한눈에 들어왔다.

큰 부상을 당해 신음하는 무수한 사람들.

유대웅의 눈에 상반신 전체를 붕대로 감고 있는 백천의 모습이 들어왔다.

그는 몰랐지만 위진대 대주 한절에게 패한 백천은 어쩌면 다시는 검을 들 수 없을지 모를 정도로 오른쪽 팔에 치명적인 부상을 당한 상태였다.

송하연에게 치료를 받고 있는 자우령의 모습도 들어왔다.

유대웅의 눈동자가 급격하게 흔들렸다.

'할아버지.'

적들 중 자우령을 패퇴시킬 수 있는 사람이 있으리라곤 생각하지 못했기에 놀람은 더욱 컸다.

자우령의 몸에 열심히 시침 중인 송하연의 뒷모습도 보였다. 그리고 그녀에게 일일이 지시를 하는 송유 장로까지도.

가냘픈 몸으로 부상자들을 치료하기 위해 열심히 애쓰는 송하연의 모습에 안쓰러움이 일었다.

자신을 위해서, 그리고 그들을 위해서라도 최대한 빨리 몸을 회복해야 했다.

천천히 몸을 일으킨 유대웅이 초천검을 들었다.

몇몇 부상자가 유대웅을 보았지만 그들은 입을 열 기운도 없었다.

유대웅이 천천히 자세를 잡았다.

패왕칠검의 마지막 초식 노룡붕천을 펼치기 위한 기수식.

가만히 눈을 감은 유대웅이 조화신공을 운용하며 육맥에서 폭주하고 있는 선천지기를 단전으로 끌어들였다.

단전에 모여 있던 힘이 강하게 반발했지만 무시했다.

선천지기와 조화신공의 공능이 일으킨 힘은 단전에 쌓여

있는 힘을 단숨에 구석으로 밀어낼 정도였다.

문제는 선천지기에 더해진 조화신공의 힘이 제대로 제어가 되지 않는다는 것. 단전은 물론이고 기경팔맥, 전신의 세맥까지 그 영향력을 행사하니 도저히 감당이 되지 않았다.

칠공에서 피가 터져 흐르고 고통으로 인해 연신 몸을 휘청거렸지만 유대웅은 포기하지 않았다.

죽을 고비를 몇 번이나 넘기고 몇 번이나 포기하고 싶을 정도로 극한의 고통을 느끼면서 미쳐 날뛰는 힘을 제어하기 위해 노력하고 또 노력했다.

그렇게 얼마의 시간이 흘렀을까?

마침내 노력의 결실이 이뤄졌다.

조화신공을 극성으로 운용하며 온몸에서 날뛰는 선천지기를 단전에 끌어모으는 데 성공했다.

다시는 없을 오직 단 한 번의 기회였다.

힘찬 기합성과 함께 패왕사의 지붕을 뚫고 솟구친 유대웅이 전력을 다해 노룡붕천을 펼쳐냈다.

단전에 모여 있던 선천지기가 초천검을 통해, 노룡붕천이란 초식과 함께 세상에 모습을 드러냈다.

파스스스슷!!

거대한 파공성과 함께 날아간 강기가 때마침 당성을 공격하기 위해 움직이던 비마와 오독마녀가 있는 곳에 짓쳐 들었다.

"피, 피해랏!"

"도망쳐!"

비마와 오독마녀가 놀라 부르짖었지만 영문을 알길 없는 녹림도들은 아무런 행동도 하지 못하고 그저 비마와 오독마녀의 얼굴만 바라볼 뿐이었다.

"도망치라고 이 병신들아!"

전장이 떠나가라 외친 비마가 견디지 못하고 몸을 날렸다.

오독마녀는 이미 한참이나 물러난 뒤였다.

녹림도들이 그들이 어째서 그런 행동을 하는 것인지 이해를 했을 땐 유대웅이 목숨을 걸고 내뿜은, 선천지기로 만들어진 강기에 완벽하게 노출된 상태였다.

꽈꽈꽈꽈꽝!!

천지가 뒤집히는 굉음과 함께 강기에 직격당한 곳을 중심으로 사방 십여 장이 초토화되기 시작했다.

"아!"

"사, 살려……."

제대로 비명도 지르지 못했다.

입 밖으로 흘러나온 비명마저도 그들을 강타한 강기의 폭발음에 조용히 묻혀 버렸다.

수십 명의 녹림도가 단 한 번의 공격에 그 자리에서 목숨을 잃었다.

그것뿐만이 아니었다.

유대웅의 공격이 떨어진 곳이 하필이면 녹림도들이 박살을 낸 비림 인근이었고 그곳엔 무수한 비석 조각이 널려 있었다.

바로 그 조각들이 작은 파편이 되어 사방으로 비산했다.

가까이에 있는 자들은 수십, 수백 개의 파편을 맞고 즉사를 했으며 멀리 떨어진 자들도 엄청난 속도로 날아든 돌 조각에 크고 작은 부상을 당했다.

피해는 피아를 구분하지 않았다.

상대적으로 인원이 많았던 녹림도들의 피해가 엄청나긴 했지만 인근에 있던 황하련의 무인들도 두 명이나 목숨을 잃었다.

그토록 끊임없이 이어진 적의 공격 속에서도 살아남았건만 오히려 아군의 손에 목숨을 잃는 참변을 당한 것이다.

그 순간 전장의 모든 싸움은 멈춰진 상태였다.

심지어 그 누구보다 치열하게 싸움을 펼치고 있던 음양쌍괴와 뇌하의 싸움마저 잠시 멈춰질 정도였다.

"망할 녀석! 한창 재밌는 순간이거늘."

뇌하가 힐끗 고개를 돌리며 못마땅해했다.

그런 뇌하의 모습을 보며 음양쌍괴의 얼굴이 하얗게 질렸다.

지금껏 맹렬히 공격을 퍼부은 것은 자신들이었다.

초반에 잠깐 반짝하더니 뇌하는 이후, 변변한 대응을 하지도 못하고 계속 밀리기만 했다.

한데 그것이 엄청난 착각이었음을 뇌하의 표정과 음성에서 비로소 깨달은 것이다.

"이 무슨!"

양조굉은 아연실색한 표정으로 허공에 떠 있는 유대웅을 바라보았다.

군웅들 또한 사경을 헤매고 있어야 할 유대웅의 갑작스런 등장에 다들 말을 잃었다.

그것도 잠시, 이내 엄청난 함성이 터져 나오며 유대웅의 부활을 기뻐했다.

특히 화산파 제자들과 치열한 격전 끝에 이제 겨우 세 명만 살아남은 호천단원은 그 자리에서 눈물을 흘리며 기뻐했다.

그들의 반응과는 상관없이 허공에 떠 있던 유대웅이 천천히 하강하기 시작했다.

바닥에 내려선 유대웅의 몸이 비틀거렸다.

간신히 선천지기를 발출하는 데 성공은 했지만 완전히 끝난 것은 아니었다. 미처 발출하지 못한 선천지기가 곳곳에 남아서 그를 괴롭혔다.

유대웅은 다시금 조화신공을 운용하며 마지막 선천지기를 몰아내려 했다.

우우우우웅!

손에 든 초천검이 떨리기 시작하며 웅휘로운 검명이 흘러나와 패왕사에 울려 퍼졌다.

바로 그 순간, 어디에선가 초천검이 내는 소리와 똑같은 검명이 흘러나오기 시작했다.

우우우우웅!

웅장함은 비슷했지만 어딘지 모르게 슬픔이 깃든 소리였다.

패왕사 내부에 있던 이들이 고개를 돌려 소리의 근원지를 찾으려 했지만 울림이 워낙 커서 찾을 수가 없었다.

초천검의 떨림이 더욱 심해졌다.

뭔가 이상함을 느낀 유대웅이 당혹스런 표정과 함께 조화신공의 운용을 멈추었지만 떨림은 멈추지 않았다.

검명은 더욱 커져 이제는 패왕사를 넘어 밖에 있는 이들까지 모두 그 소리를 들을 수 있을 정도였다.

툭. 툭. 툭.

유대웅으로 인해 구멍이 뚫린 천장에서 급격한 균열이 일어나더니 결국 조금씩 무너져 내리기 시작했다.

깜짝 놀란 송하연과 송유가 부상자들을 밖으로 옮기기 시작하고 환자들이 모조리 밖으로 빠져나올 즈음 벽도 쩍쩍 갈라지기 시작했다.

쿠쿠쿠쿵.

요란한 소리와 함께 패왕사가 완전히 무너져 내렸다.

희뿌연 연기가 사방으로 퍼지면서 사람들의 시야를 완전히 차단했다.

우우우우웅!

패왕사를 무너뜨린 검명은 여전히 사그라들지 않았다.

검명은 패왕사를 넘어 전장 전체를 뒤흔들었다.

기사(奇事)요, 괴사(怪事)였다.

피아 구분할 것도 없이 다들 놀란 눈을 감추지 못하고 유대웅을 바라보았다.

"우웩!"

검명 때문에 재빨리 몸을 추스르지 못한 유대웅이 붉은 피를 토했다.

그 피가 초천검에 떨어지는 순간, 지금보다 배는 더 강력한 검명이 울려 퍼졌다.

이에 공명이라도 하듯 또 하나의 울림이 사람들의 귀를 사로잡았다.

유대웅을 비롯한 모든 사람의 시선이 한곳으로 집중되었다.

유대웅과 더불어 무너진 패왕사에서 유이하게 우뚝 버티고 있는 패왕의 석상이었다.

소리는 바로 패왕이 들고 있는 석창(石槍)에서 흘러나오고 있었다.

유대웅은 무엇엔가 끌리듯 패왕의 석상을 향해 다가갔다.

가까이 가면 갈수록 초천검과 패왕의 창이 서로를 경쟁하듯, 서로를 애무하듯 웅장한 울림을 토해내고 있었다.

마침내 유대웅이 패왕의 석상 앞에 섰다.

최고조에 이른 울림이 거짓말처럼 멈추고 바로 그 순간, 패왕의 석상과 그가 들고 있던 석창이 산산조각 나며 유대웅에게 쏟아져 내렸다.

유대웅은 자신도 모르게 손을 뻗었다.

그의 손에 묵직한 느낌이 전해졌다.

"초진창이다. 이제부터는 네가 이 녀석의 주인이다."

영혼의 울림이 뇌리를 강타했다.

유대웅이 떨리는 손으로 초진창을 들어 올리며 군웅을 향해 몸을 돌렸다.

왼손엔 초천검이, 오른손에 초진창이 들렸다.

사람들의 기억 속에 전해져 내려오는 초패왕의 모습이었다.

『장강삼협』 14권에 계속…

왕좌의 주인
이영후 판타지 장편 소설
FANTSY FRONTIER SPIRIT

왕좌의 주인
이영후 판타지 장편 소설
FANTSY FRONTIER SPIRIT
1 왕좌의 주인
2 왕좌의 주인